独学 日本語 系列

本書內容：初級&中級

所有學習日語的人，都該擁有一本這樣的發音書！

別找了，日語發音這本最好用！

—50音完整教學版附CD—

三民日語編輯小組 編著
今泉江利子 審閱

你的日語一開口就破功嗎？想學習日本人的發音，你需要最好的發音教材！

三民書局

國家圖書館出版品預行編目資料

別找了，日語發音這本最好用！／三民日語編輯小組編著;今泉江利子審閱.－－初版二刷.－－臺北市：三民，2016
面；　公分

ISBN 978-957-14-5062-9　(精裝)

1. 日語 2. 發音

803.14　　97012176

© 別找了，日語發音這本最好用！

編著者	三民日語編輯小組
審閱	今泉江利子
企劃編輯	李金玲
美術編輯	李金玲
校對	陳玉英
錄音	今泉江利子　吉岡生信
發行人	劉振強
著作財產權人	三民書局股份有限公司
發行所	三民書局股份有限公司
	地址　臺北市復興北路386號
	電話　(02)25006600
	郵撥帳號　0009998-5
門市部	(復北店) 臺北市復興北路386號
	(重南店) 臺北市重慶南路一段61號
出版日期	初版一刷　2008年9月
	初版二刷　2016年4月
編號	S 807431

行政院新聞局登記證局版臺業字第〇二〇〇號

ISBN　978-957-14-5062-9　(精裝)

http://www.sanmin.com.tw　三民網路書店

序

學習一門外語，發音非常重要。許多學習者以為把日語五十音聽個幾遍、背熟就好，至於發音標不標準呢？你可能有感覺自己的日語一開口就破功，一聽就知道是外國人，總是學不來日本人的腔調。但是尋找坊間關於日語發音的學習書籍，卻沒有一本書可以幫助你。

坊間的日語發音書，單薄一點的版本，就是把五十音唸過一遍，再介紹你幾個生字、幾句日常招呼語；譁眾一些的，則教你用中文相似音去記日語五十音(極不推薦此法！用這種方式學發音，在日本人的耳裡聽來簡直就是怪腔怪調)。

也有嚴謹一點的版本，只是全篇充斥令人難以理解的學術用語，想看懂真的需要有些慧根。

但不管是哪種版本，都只針對五十音與簡單的重音規則，沒有一本書嘗試觸及日語的節奏、各種詞類重音變化、日本人的發音特色……，而這些對於把日語當作外語學習的人，卻是掌握日語發音極重要的規則與訣竅。《**別找了，日語發音**這本最好用》就是要告訴你，你在別本書找不到的這些有用訊息。

日本人究竟如何發聲？有沒有什麼小訣竅是你我學習日語的外國人在發音時可以注意的事項？要如何才能消除不自然的母語干擾？有沒有可能讓自己的腔調就像日本人在說日語一樣？……

這些不只是學習者的困惑，也是編輯小組在構思本書時無時不忘的課題。三民日語系列以「從學習者的觀點出發，出版自己也會想要的書」自許，因為我們深信唯有把自己當成讀者，才能知道讀者的真正需求。**通俗而不譁眾，紮實但不沈重**——《**別找了，日語發音**這本最好用》就是這樣一本學習書。

在編寫期間，編輯小組審慎仔細參考了各家說法，結合在地學習者的需求。至於要如何把原本艱深的發音理論，化為一般讀者可以接受、看得懂的語言呢？坦白說，中間過程既繁瑣又傷神。但編輯小組感到光榮的是，始終在堅持理念的原則下完成這本書的編寫。不敢說期許對本地日語學習書市場起標竿作用，但由衷希望每位學習者都能藉由本書，讓自己的日語實力更上一層樓。

願與讀者共勉之

三民日語編輯小組

2008,9

目次

一.基本の音

二.日語の拍子

三.日語の重音

四.日本人の日本語

基本の音

1. 五十音表
2. 羅馬字
3. 五個母音
4. 子音+母音
5. 撥音

1 五十音表

什麼是五十音表？

五十音是學日語的第一步，你不懂五十音的字形與字音，就沒辦法學好日語。下表是一般最常見的五十音表。

1	あ	か	さ	た	な	は	ま	や	ら	わ	
2	い	き	し	ち	に	ひ	み		り		
3	う	く	す	つ	ぬ	ふ	む	ゆ	る		
4	え	け	せ	て	ね	へ	め		れ		
5	お	こ	そ	と	の	ほ	も	よ	ろ	を	ん
	1	*2*	*3*	*4*	*5*	*6*	*7*	*8*	*9*	*10*	*11*

嗯……，可是怎麼數都沒有五十個吔，為什麼稱作五十音？

現在我們看到的五十音表，其實是不斷修改過的版本，配合現代日語的使用習慣，刪除掉重複出現，以及日常生活中使用度較低的假名，目前只剩下四十六個，但是仍然沿用「五十音表、五十音圖」的說法。

也許有初學者聽到五十個音變成四十六個音,可以少背四個音,正在暗自竊喜。在這裡要澆個冷水,這四十六個音扣除最後一個音「ん」,其餘都稱作清音,而這四十五個清音另外又延伸出——

濁音	二十個
半濁音	五個
拗音	三十三個(加三個)[註]
長音	四十四個以上
促音	一個

換言之,如果以發音數作計算,日語何止五十個音,至少有上百個音。

哇!・・・

很想大叫嗎?還好這些延伸出來的字音,在字形上都屬於清音的衍生字,只要清音會唸,其他濁音、半濁音等等,其實也不困難。上百個聽起來雖然可怕,但基礎還是左頁五十音表上列出的這些音。

註:部分版本會將「**ぢゃ・ぢゅ・ぢょ**」也列入

五十音表上的字，日語稱作「假名」，假名是日語的音標，相當於中文的注音符號，同時也是日本的國字。有兩種形式：平假名與片假名。

◎平假名

	1	2	3	4	5	6	7	8	9	10	11
1	あ	か	さ	た	な	は	ま	や	ら	わ	
2	い	き	し	ち	に	ひ	み		り		
3	う	く	す	つ	ぬ	ふ	む	ゆ	る		
4	え	け	せ	て	ね	へ	め		れ		
5	お	こ	そ	と	の	ほ	も	よ	ろ	を	ん

◎片假名

	1	2	3	4	5	6	7	8	9	10	11
1	ア	カ	サ	タ	ナ	ハ	マ	ヤ	ラ	ワ	
2	イ	キ	シ	チ	ニ	ヒ	ミ		リ		
3	ウ	ク	ス	ツ	ヌ	フ	ム	ユ	ル		
4	エ	ケ	セ	テ	ネ	ヘ	メ		レ		
5	オ	コ	ソ	ト	ノ	ホ	モ	ヨ	ロ	ヲ	ン

平假名與片假名是擁有共同發音，但字形迥異的兩種文字。平假名(以及漢字)是日本人在書寫文章時使用最頻繁的國字，片假名則是使用領域比平假名多元，特別是流行雜誌，裡頭的用語很多都是片假名。

這是因為片假名主要是用來標示外來語的發音，類似音譯，舉凡——

1. 外國的人名、地名、國名

例）メアリー（瑪麗）、ジョン（約翰）、パリ（巴黎）、アメリカ（美國）、タイ（泰國）……

2. 外國傳來的事物、語彙

例）ラジオ（收音機）、パソコン（個人電腦）、ニュース（新聞）、ハンサム（英俊帥氣）……

都是以片假名標示。

另外還有要凸顯聲音時，例如動物叫聲、物體聲響等擬聲語，習慣上也是使用片假名。動植物名，特別是提到種類時，也常用片假名標示。

不只如此，除了表音的用法，原本以平假名或漢字表記的字若改用片假名書寫，也有強調或以示區別的效果，但屬於非正式用法。

例）「アノヒトが嫌(きら)い。（我討厭那個人！）」

あの人(ひと)

平仮名（ひらがな）

● 清音

		k	s	t	n	h	m	y	r	w
a	あ	か	さ	た	な	は	ま	や	ら	わ
i	い	き	し	ち	に	ひ	み		り	
u	う	く	す	つ	ぬ	ふ	む	ゆ	る	
e	え	け	せ	て	ね	へ	め		れ	
o	お	こ	そ	と	の	ほ	も	よ	ろ	を

▶ 濁音

g	z	d
が	ざ	だ
ぎ	じ	ぢ
ぐ	ず	づ
げ	ぜ	で
ご	ぞ	ど

▶ 濁音

b
ば
び
ぶ
べ
ぼ

▶ 半濁音

p
ぱ
ぴ
ぷ
ぺ
ぽ

● 撥音

n	ん

清音表首行的「**あいうえお**」是假名最重要的五個音，相當於日語音韻的母音，其他假名都是從這五個母音各自加上子音延伸出來。

▼拗音

	k	s	t	n	h	m	r
ya	きゃ	しゃ	ちゃ	にゃ	ひゃ	みゃ	りゃ
yu	きゅ	しゅ	ちゅ	にゅ	ひゅ	みゅ	りゅ
yo	きょ	しょ	ちょ	にょ	ひょ	みょ	りょ

ぎゃ	じゃ	ぢゃ
ぎゅ	じゅ	ぢゅ
ぎょ	じょ	ぢょ
g	j	d

びゃ
びゅ
びょ
b

ぴゃ
ぴゅ
ぴょ
p

拗音指的是兩個音合併發成一個音，上表標示母音為「ya」「yu」「yo」，但嚴格來說，母音是「a」「u」「o」，「y」為半母音，或稱半子音亦可。

片仮名（カタカナ）

●清音

		k	s	t	n	h	m	y	r	w
a	ア	カ	サ	タ	ナ	ハ	マ	ヤ	ラ	ワ
i	イ	キ	シ	チ	ニ	ヒ	ミ		リ	
u	ウ	ク	ス	ツ	ヌ	フ	ム	ユ	ル	
e	エ	ケ	セ	テ	ネ	ヘ	メ		レ	
o	オ	コ	ソ	ト	ノ	ホ	モ	ヨ	ロ	ヲ

▶濁音

g	z	d
ガ	ザ	ダ
ギ	ジ	ヂ
グ	ズ	ヅ
ゲ	ゼ	デ
ゴ	ゾ	ド

▶濁音

b
バ
ビ
ブ
ベ
ボ

▶半濁音

p
パ
ピ
プ
ペ
ポ

●撥音

n	ン

撥音是特殊音，主要跟著前面假名的母音構成音節，一般不作字首，羅馬拼音寫成「n」，但發音不只一種，須視前面的音決定。

▼拗音

	k	s	t	n	h	m	r
ya	キャ	シャ	チャ	ニャ	ヒャ	ミャ	リャ
yu	キュ	シュ	チュ	ニュ	ヒュ	ミュ	リュ
yo	キョ	ショ	チョ	ニョ	ヒョ	ミョ	リョ

g	j	d
ギャ	ジャ	ヂャ
ギュ	ジュ	ヂュ
ギョ	ジョ	ヂョ

b
ビャ
ビュ
ビョ

p
ピャ
ピュ
ピョ

拗音由兩個假名共同組成，第一個假名取自各行的イ段音(母音為「い」的假名)，第二個假名為「や」「ゆ」「よ」，表記時須小寫。

2 羅馬字

一般給外國人學習的五十音圖會在假名旁加注羅馬字，作為發音上的參考，可是日本文字為什麼會有羅馬字呢？

日本人自己標注字音的符號是「假名」，並不是羅馬字，使用羅馬字主要是作為一種發音符號，方便以英語系為主的外國人標記日語。這點與中國大陸使用漢語羅馬字拼音作為本國人學習國語時的標音符號不盡相同。

說得簡單點就是，假名之於日本語，好比注音符號之於繁體中文，也好比漢語羅馬字拼音之於簡體中文。而日語羅馬字只是方便日本人將日本字音譯成英語的一種工具。

但是，目前日本人使用的羅馬字有些複雜，共有三種：

赫本式 — 較接近真實發音
日本式 — 表記方式最單純、規律
訓令式 — 赫本式與日本式的整合版

● 清音

	k	s	t	n	h	m	y	r	w
a	ka	sa	ta	na	ha	ma	ya	ra	wa
i	ki	si	ti	ni	hi	mi		ri	
u	ku	su	tu	nu	hu	mu	yu	ru	
e	ke	se	te	ne	he	me		re	
o	ko	so	to	no	ho	mo	yo	ro	wo

▶ 濁音

g	z	d
ga	za	da
gi	zi	di
gu	zu	du
ge	ze	de
go	zo	do

▶ 濁音

b
ba
bi
bu
be
bo

▶ 半濁音

p
pa
pi
pu
pe
po

● 撥音

n

日本式

因為規律，主要應用於
羅馬字輸入法。

▶ 拗音

	k	s	t	n	h	m	r
ya	kya	sya	tya	nya	hya	mya	rya
yu	kyu	syu	tyu	nyu	hyu	myu	ryu
yo	kyo	syo	tyo	nyo	hyo	myo	ryo

g	z	d
gya	zya	dya
gyu	zyu	dyu
gyo	zyo	dyo

b
bya
byu
byo

p
pya
pyu
pyo

● 清音

	k	s	t	n	h	m	y	r	w
a	ka	sa	ta	na	ha	ma	ya	ra	wa
i	ki	shi	chi	ni	hi	mi		ri	
u	ku	su	tsu	nu	fu	mu	yu	ru	
e	ke	se	te	ne	he	me		re	
o	ko	so	to	no	ho	mo	yo	ro	o

▶ 濁音

g	z	d
ga	za	da
gi	ji	ji
gu	zu	zu
ge	ze	de
go	zo	do

▶ 濁音

b
ba
bi
bu
be
bo

▶ 半濁音

p
pa
pi
pu
pe
po

● 撥音

n/m

■色塊標示的是與日本式不同的拼音

赫本式

日本護照上的姓名拼音採用赫本式。

▶ 拗音

	k	s	t	n	h	m	r
ya	kya	sha	cha	nya	hya	mya	rya
yu	kyu	shu	chu	nyu	hyu	myu	ryu
yo	kyo	sho	cho	nyo	hyo	myo	ryo

g	z	d
gya	ja	ja
gyu	ju	ju
gyo	jo	jo

b
bya
byu
byo

p
pya
pyu
pyo

● 清音

	k	s	t	n	h	m	y	r	w
a	ka	sa	ta	na	ha	ma	ya	ra	wa
i	ki	si	ti	ni	hi	mi		ri	
u	ku	su	tu	nu	hu	mu	yu	ru	
e	ke	se	te	ne	he	me		re	
o	ko	so	to	no	ho	mo	yo	ro	o

▶ 濁音

ga	za	da
gi	zi	zi
gu	zu	zu
ge	ze	de
go	zo	do
g	z	d

▶ 濁音

ba
bi
bu
be
bo
b

▶ 半濁音

pa
pi
pu
pe
po
p

● 撥音

n

■色塊標示的是與日本式不同的拼音

訓令式

日本小學生課堂上學習的是訓令式。

▶ 拗音

	k	s	t	n	h	m	r
ya	kya	sya	tya	nya	hya	mya	rya
yu	kyu	syu	tyu	nyu	hyu	myu	ryu
yo	kyo	syo	tyo	nyo	hyo	myo	ryo

gya	zya	zya
gyu	zyu	zyu
gyo	zyo	zyo
g	z	d

bya
byu
byo
b

pya
pyu
pyo
p

訓令式基本上延用日本式，除了——

1, 將を的拼音改採赫本式拼音法

2, 以じ・ず・じゃ・じゅ・じょ取代ぢ・づ・ぢゃ・ぢゅ・ぢょ

「ぢ・づ・ぢゃ・ぢゅ・ぢょ」五個音在現代日語中多被「じ・ず・じゃ・じゅ・じょ」取代，赫本式與訓令式的五十音表都選擇不列出，唯一仍保留「ぢ・づ・ぢゃ・ぢゅ・ぢょ」這五個音的是日本式羅馬字拼音表。

＊ ＊

日語的羅馬字拼音之所以有這麼多種，原因是五十音的發音，在規則中參雜著不規則。赫本式著重發音的準確性，但是拼法例外太多；日本式與訓令式簡單好記，缺點是發音誤差較大。

目前，針對外國人的日本語教育採用的羅馬字拼音以赫本式為主流，理由很簡單，因為比較「接近」日語真正的發音。

為什麼說是「接近」日語真正的發音，而不是「正確」的日語發音？你只要想像這就好像是用注音符號標示英文或其他外國語言一樣，多半只能求發音相像，無法完全相同。

其實，**每種語言都有它特殊的發音方式或發音位置**，沒有一種語言可以完全包含另一種語言的所有發音！

在稍後的學習中，書中會列出每個假名所對應的羅馬字拼音，但希望學習者只把它當成發音上的一種參考，而非日語的音標符號，除非你要學習的是英語腔式的日語。

學習者若想學習到最正確的日語發音，反覆多聽ＣＤ錄音員的發音才是王道。

相關知識

羅馬字輸入法所採用的羅馬字拼音，沒有特別偏好哪一種，無論是日本式、訓令式，或是赫本式皆可。只不過輸入法基本上可容許一字多種拼法，卻不允許一種拼法對應多個字，因此有幾個特例必須留意——

◎輸入"**o**"時只會出現「お」

◎「を」必須輸入"**wo**"才會出現

◎輸入"**n**"或"**nn**"都會出現「ん」

◎輸入"**m**"不會出現「ん」

◎只有日本式羅馬字拼音可以打出「ぢ・づ」「ぢゃ・ぢゅ・ぢょ」

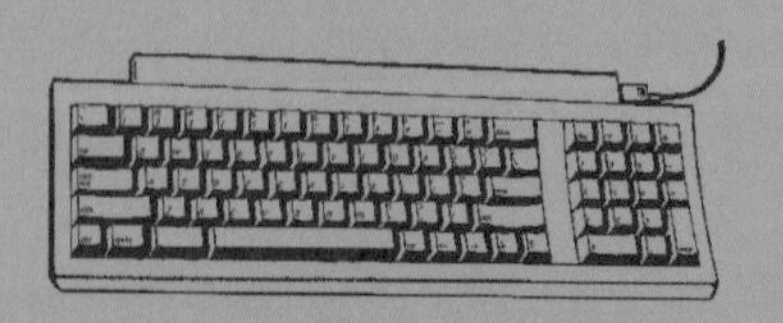

3 五個母音

あいうえお

「あいうえお」是日語發音最重要的五個音，這五個假名稱為日語的母音，五十音中其他假名的發音都是由這五個音加上子音所組成。

給外國人學習的五十音圖通常會在假名旁邊加注羅馬字，作為發音參考，這五個母音的羅馬字拼音分別是： **a i u e o**

有人說這五個音很像中文注音符號：

ㄚ ㄧ ㄨ ㄝ ㄛ

如果以簡體中文的漢語羅馬字拼音標示則是：

a i/yi u/wu ê o

註：漢語拼音單用"e"時，代表中文注音符號的ㄜ，
發音與日語的羅馬字拼音不同，請多加留意

但不管是羅馬字、中文注音符號，或漢語羅馬字拼音，終究只是相似，不是「あいうえお」的真正發音。請記住！你只能相信自己的耳朵，聽清楚錄音員的發音，試著模仿，嘗試找到正確的發音位置，才可能說得一口標準日語。

CD-02

あ ア

羅馬字：a

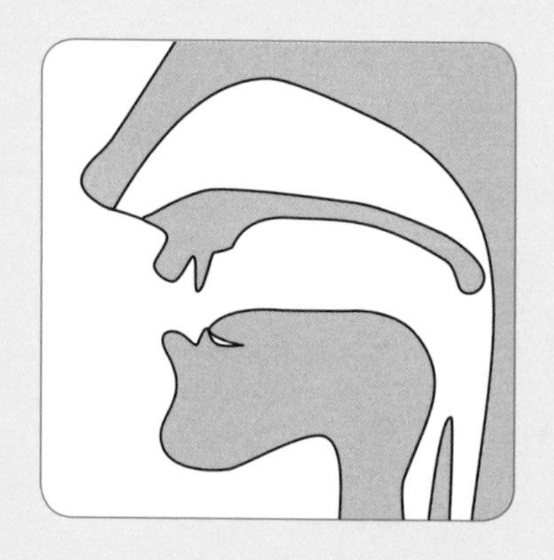

發音速成記憶法

相似國語注音：Y （國字：阿）

漢語拼音參考： a

發音時嘴形重點

雙唇張開

下顎向下打開約一指半寬（比中文的「阿」開口小）

舌頭放鬆平擺

震動聲帶

CD-03

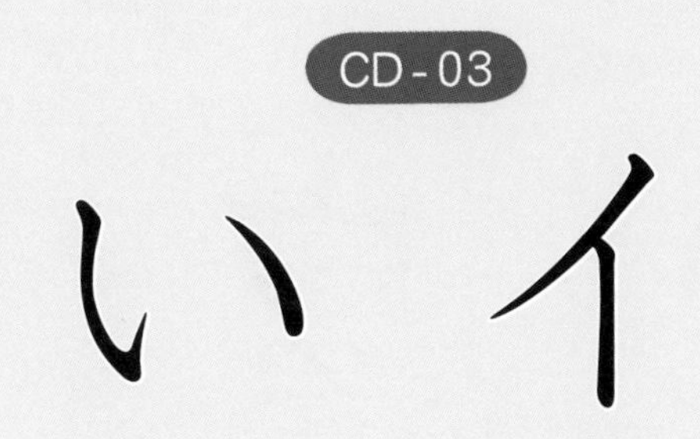

羅馬字：i

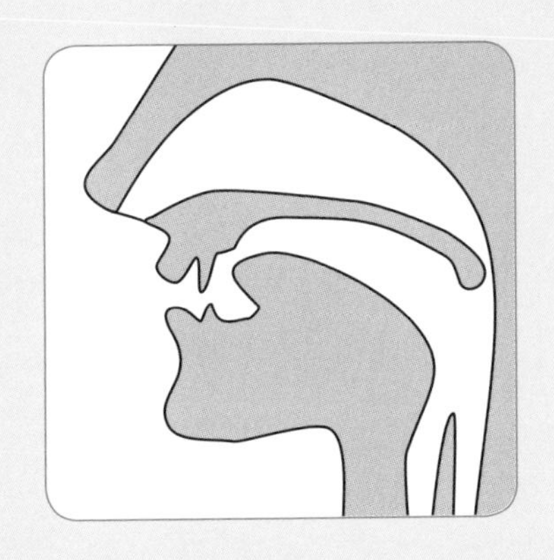

發音速成記憶法

相似國語注音：一　（國字：衣）
漢語拼音參考：i 或 yi

發音時嘴形重點

下顎放鬆，雙唇張開
嘴唇左右略微拉開（比中文的「衣」咧嘴小）
舌頭前段抬起，靠近上顎（但不碰觸到上顎）
震動聲帶

羅馬字：u

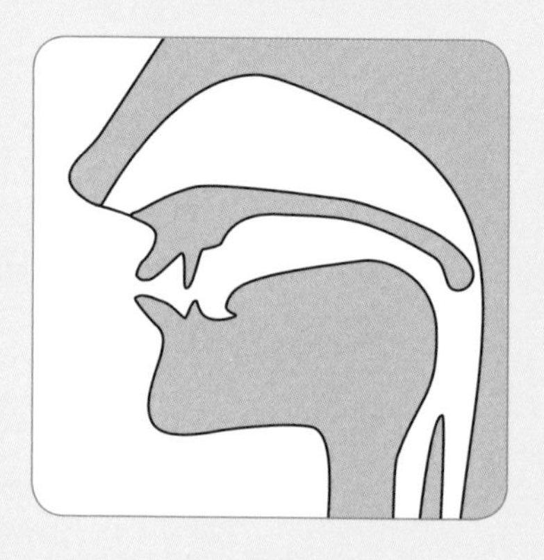

*注意日語「う」是扁唇音而非圓唇音，發音時嘴唇微噘但不嘟起

發音速成記憶法

相似國語注音：ㄨ　(國字：烏)
漢語拼音參考：u 或 wu

發音時嘴形重點

下顎放鬆，雙唇張開
嘴唇中央微微噘起（勿噘成國語注音「ㄨ」的圓唇）
舌頭後段隆起，震動聲帶

CD-05

え エ

羅馬字：e

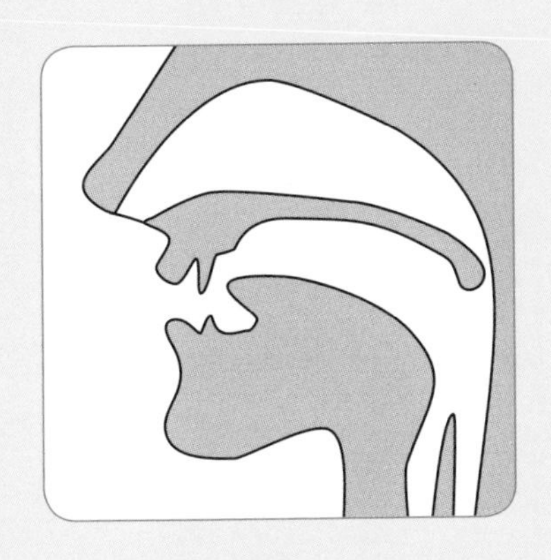

發音速成記憶法

相似國語注音：せ

漢語拼音參考： ê

(注意不要唸成複韻母「ㄟ/ei」，日語「え」是單母音)

發音時嘴形重點

雙唇張開

下顎向下打開約一指寬

嘴唇左右略微拉開(比國語注音「せ」咧嘴小)

舌頭前段抬起，震動聲帶(發音點比注音「せ」稍前)

CD - 06

お オ

羅馬字：o

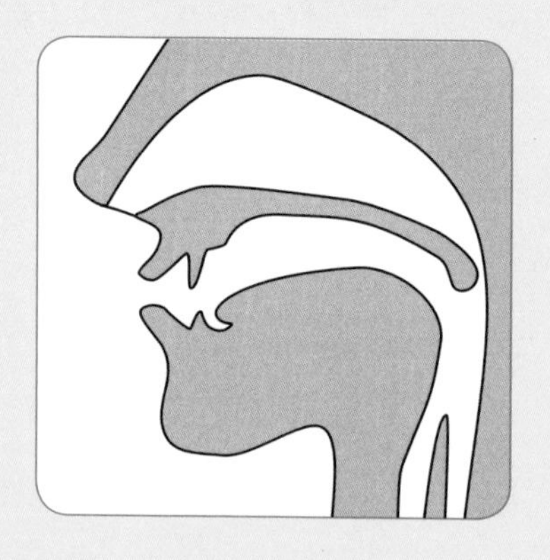

＊「お」是日語五個母音中，
唯一的圓唇音

發音速成記憶法

相似國語注音：ㄛ　(國字：喔)
漢語拼音參考：o
(注意不要唸成複韻母「ㄡ/ou」，日語「お」是單母音)

發音時嘴形重點

雙唇張開
下顎向下打開約一指寬
嘴唇呈圓形（唇形沒有中文的「喔」圓）
舌頭後段隆起，震動聲帶

發音要領

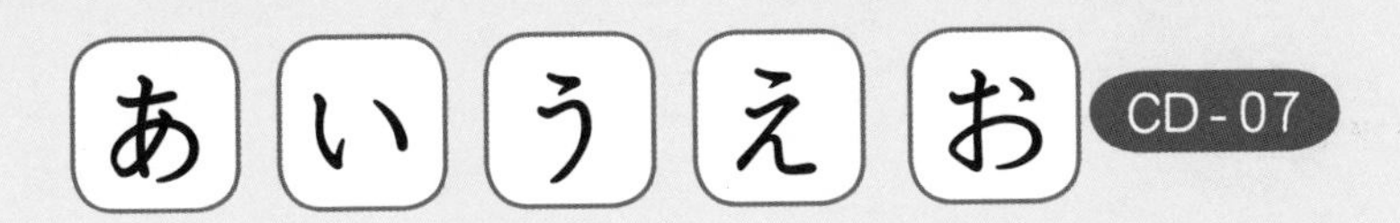

☑ 發音時的嘴形 —

由 い→え→あ　下顎逐漸打開，嘴巴愈張愈大
由 い→う→お　嘴唇逐漸噘圓

☑ 舌頭的位置 — 由 あ→え→い　前舌逐漸往上抬高
由 あ→お→う　後舌逐漸向上隆起

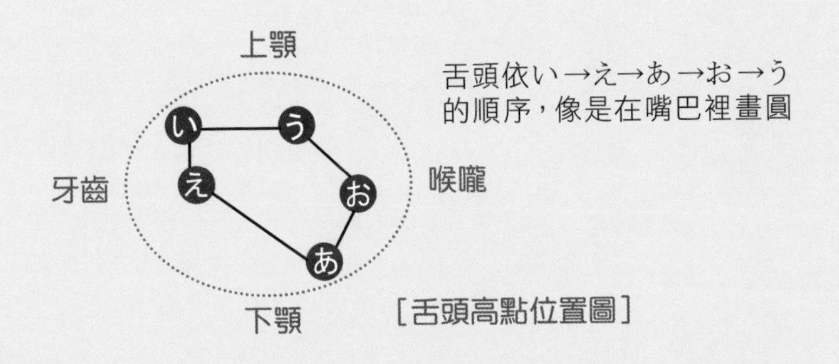

[舌頭高點位置圖]

這五個母音是日語發音的
一切根本，一定要學好！

相關知識

日語的五個母音主要是藉由舌頭與上顎之間的空間寬窄構成「共鳴腔」，配合嘴形開合進行調音。在語音學上稱呼這五個母音為——

◎「あ」：非圓唇・低母音（寬母音）
◎「い」：非圓唇・前舌高母音（窄母音）
◎「う」：非圓唇・後舌高母音（窄母音）
◎「え」：非圓唇・前舌中母音（半窄半寬之間）
◎「お」：圓唇・後舌中母音（半窄半寬之間）

		舌頭前後位置				
		前舌		後舌		
	窄	イ		ウ	高	
	半窄					
嘴形張合大小		エ		オ	中	舌位高低位置
	半寬					
	寬		ア		低	

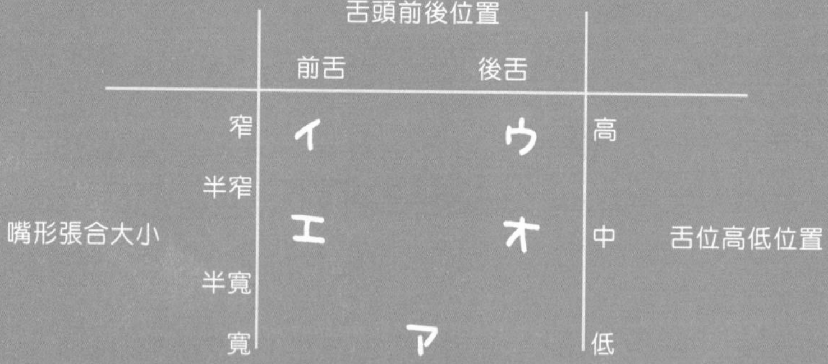

4 子音+母音

日語的假名本身看不出母音與子音，但如果換成羅馬字形式就會很清楚。母音是a, i, u, e, o，代表「あ」「い」「う」「え」「お」，子音則有14～19個，端看採用的是哪種拼音法——

[訓令式]

k, s, t, n, h, m, y, r, w ←清音
g, z, d, b ←濁音
p ←半濁音

[赫本式]

k, s/sh, t/ch/ts, n, h/f, m, y, r, w ←清音
g, z/j, d, b ←濁音
p ←半濁音

為方便講解，日語將母音相同的音稱為段，子音相同的音稱為行。

あ段	あ	か	さ	た	な	は	ま	や	ら	わ
い段	い	き	し	ち	に	ひ	み		り	
う段	う	く	す	つ	ぬ	ふ	む	ゆ	る	
え段	え	け	せ	て	ね	へ	め		れ	
お段	お	こ	そ	と	の	ほ	も	よ	ろ	を
	あ行	か行	さ行	た行	な行	は行	ま行	や行	ら行	わ行

發音要領

在學習更進一步的發音之前，先要認識基本的調音部位(即調音點)，與調音法等發音常識。

☑ 口腔中的調音部位——

脣、齒、舌是最基本的，其他細部部位則有：

齒背 上下門牙的背面

上齒齦 主要指上門牙背面的齒根邊緣的牙肉

上顎 這裡指的是上硬顎，口腔內面上壁

齒齦上顎 指齒齦與上顎的前緣相鄰處

軟顎 上顎末端近喉嚨處的肌肉，又稱上軟顎

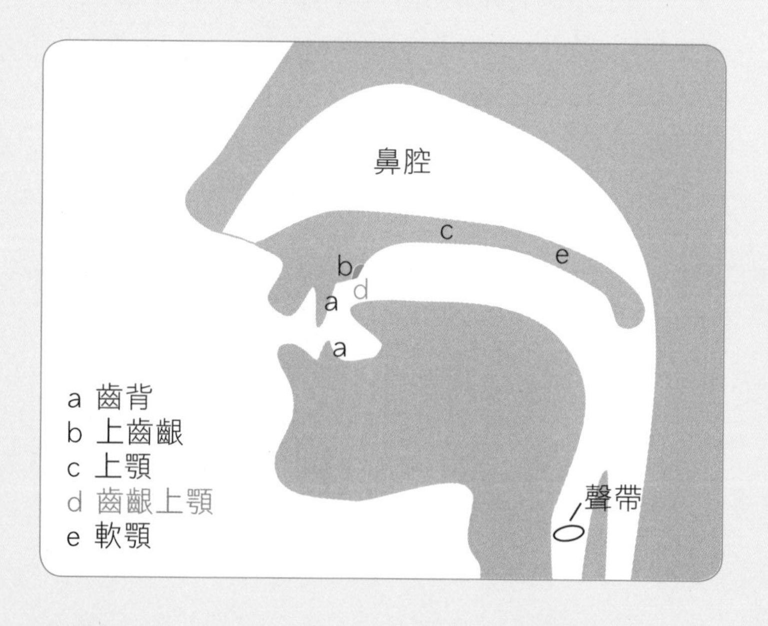

☑ 日語發音使用到的調音法——

摩擦音　又稱擦音，氣流通過狹窄縫隙的嘶擦聲

破裂音　又稱塞音、爆破音，先閉塞氣流通路再突然打開發出聲音

破擦音　又稱塞擦音，一種同時做出摩擦音與破裂音的發音方式

彈音　又稱閃音，氣流衝出的同時，舌尖瞬間輕彈齒齦後即離開

滑音　又稱半母音，僅做出嘴形，隨即唸出後面的母音(例如wa的w)

鼻音　發音時用到鼻腔共鳴的音

無聲音　發音時聲帶不震動的音，又稱清音(註)

有聲音　發音時聲帶震動的音，又稱濁音(註)

為增進學習效果，接下來關於假名的母音將以「あいうえお」取代羅馬字，發音解說也以調音點、調音法為主，期許學習者對於日語發音能有最正確的認識。

但是考慮部分人的學習習慣，書中同時也提供KK音標作為發音參考。

註：音韻學所說的清音濁音與五十音表以字形區分的清音濁音有些出入

子音 k

舌根抵住軟顎，閉氣，在吐氣的同時放開舌根，聲帶不振動的破裂音。

		子音+母音
か	カ	/k/ + あ
き	キ	/k/ + い
く	ク	/k/ + う
け	ケ	/k/ + え
こ	コ	/k/ + お

● 跟讀練習 CD-08

か・き・く・け・こ

かきくけこ

◎ **調音點**

兩唇	齒齦	齒齦上顎	上(硬)顎	軟顎	聲門
				キ←カクケコ	

發音要領

先單獨發一遍子音，第二遍則在發音時快速加上母音

留意發「く」音時，嘴形仍須維持母音「う」時的扁唇

發「き」音時，調音點受母音「い」的牽引，略微前移

KK音標 [kɑ] [kɪ] [kʊ] [kɛ] [kɔ]

子音 g

舌根抵住軟顎,閉氣,在吐氣的同時放開舌根,聲帶振動的破裂音。

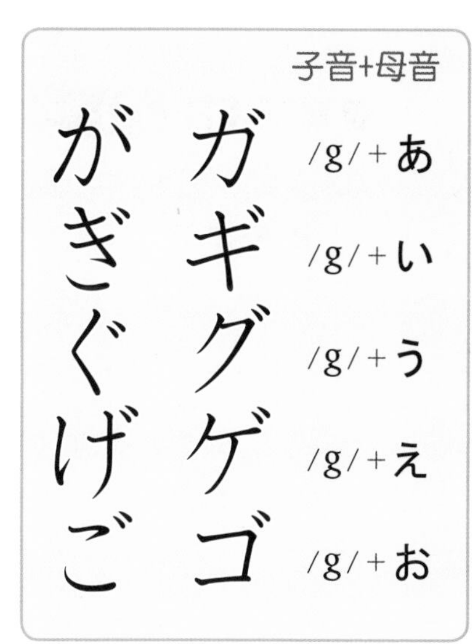

●跟讀練習 CD-09

が・ぎ・ぐ・げ・ご

がぎぐげご

◎ 調音點

兩唇	齒齦	齒齦上顎	上(硬)顎	軟顎	聲門
				ギ←ガグゲゴ	

發音要領

先單獨發一遍子音，第二遍則在發音時快速加上母音

留意發「ぐ」音時，嘴形仍須維持母音「う」時的扁唇

發「ぎ」音時，調音點受母音「い」的牽引，略微前移

KK音標［gɑ］［gɪ］［gʊ］［gɛ］［gɔ］

子音 **S** 舌尖儘量靠近上齒齦，但不貼住，氣流由舌面與齒齦之間的狹窄通道通過，聲帶不振動的摩擦音。

		子音+母音
さ	サ	/s/ + あ
* し	シ	/ʃ/ + い
す	ス	/s/ + う
せ	セ	/s/ + え
そ	ソ	/s/ + お

＊表示不規則發音

● 跟讀練習 CD - 10

さ・し・す・せ・そ

さしすせそ

◎ **調音點**

兩唇	齒齦	齒齦上顎	上(硬)顎	軟顎	聲門
	サスセソ	→シ			

發音要領

日語子音s是舌與齒齦摩擦音，而非上下齒摩擦音

先單獨發一遍子音，第二遍則在發音時快速加上母音

留意發「す」音時，嘴形仍須維持母音「う」時的扁唇

發「し」音時，調音點受母音「い」的牽引，略微後移

KK音標［sɑ］［ʃɪ］［sʊ］［sɛ］［sɔ］

子音 Z

舌尖抵住上齒齦，在吐氣的同時放開，氣流由舌面與齒齦之間的狹窄通道通過，聲帶振動的破擦音。

子音+母音

	ざ	ザ	/z/ + あ
*	じ	ジ	/ʤ/ + い
	ず	ズ	/z/ + う
	ぜ	ゼ	/z/ + え
	ぞ	ゾ	/z/ + お

* 表示不規則發音

●跟讀練習 CD-11

ざ・じ・ず・ぜ・ぞ

ざじずぜぞ

◎ 調音點

兩唇	齒齦	齒齦上顎	上(硬)顎	軟顎	聲門
	ザズゼゾ	→ジ			

發音要領

先單獨發一遍子音，第二遍則在發音時快速加上母音

留意發「ず」音時，嘴形仍須維持母音「う」時的扁唇

發「じ」音時，調音點受母音「い」的牽引，略微後移

KK音標［zɑ］［ʤɪ］［zʊ］［zɛ］［zɔ］

子音 **t**

舌尖抵住上齒背與齒齦邊緣，閉氣，在吐氣的同時放開，聲帶不振動的破裂音。

發「ち」「つ」時，舌尖稍稍後移，吐氣時放開，同時間氣流由舌面與齒齦間的縫隙發出破擦音，聲帶不振動。

			子音+母音
	た	タ	/t/＋あ
＊	ち	チ	/ʧ/＋い
＊	つ	ツ	/ʧ/＋う
	て	テ	/t/＋え
	と	ト	/t/＋お

＊表示不規則發音

● 跟讀練習 CD-12

た・ち・つ・て・と

たちつてと

◎ **調音點**

兩唇	齒齦	齒齦上顎	上(硬)顎	軟顎	聲門
	タツテト	→チ			

發音要領

先單獨發一遍子音，第二遍則在發音時快速加上母音

留意發「**つ**」音時，嘴形仍須維持母音「**う**」時的扁唇

發「**ち**」音時，調音點受母音「**い**」的牽引，略微後移

「**ち**」的發音，很像是帶點注音符號ㄑ音的ㄐ

KK音標［tɑ］［ʧɪ］［ʧʊ］［tɛ］［tɔ］

子音 **d** 舌尖抵住上齒背與齒齦邊緣，閉氣，在吐氣的同時放開，聲帶振動的破裂音。

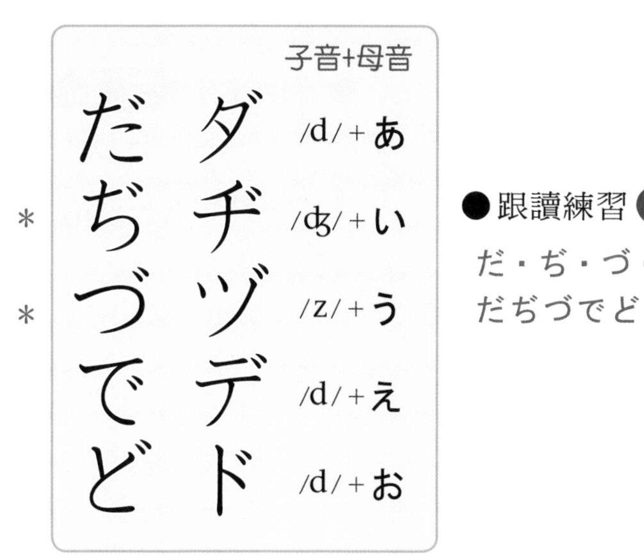

● 跟讀練習 CD - 13

だ・ぢ・づ・で・ど

だぢづでど

◎ **調音點**

兩唇	齒齦	齒齦上顎	上(硬)顎	軟顎	聲門
	ダヅデド	→ヂ			

發音要領

「ぢ」音同「じ」；「づ」音同「ず」

先單獨發一遍子音，第二遍則在發音時快速加上母音

KK音標［dɑ］［ʤɪ］［zʊ］［dɛ］［dɔ］

子音 **n** 開口鼻音，舌尖貼住齒齦，鼻子吐氣，聲帶振動。

子音+母音

な	ナ	/n/ + あ
に	ニ	/n/ + い
ぬ	ヌ	/n/ + う
ね	ネ	/n/ + え
の	ノ	/n/ + お

●跟讀練習 CD-14

な・に・ぬ・ね・の

なにぬねの

◎ **調音點**

兩唇	齒齦	齒齦上顎	上(硬)顎	軟顎	聲門
	ナヌネノ	→ニ			

發音要領

先單獨發一遍子音，第二遍則在發音時快速加上母音

留意發「ぬ」音時，嘴形仍須維持母音「う」時的扁唇

發「に」音時，調音點受母音「い」的牽引，略微後移

KK音標［nɑ］［nɪ］［nʊ］［nɛ］［nɔ］

子音 h

聲門(喉嚨)吐氣，聲帶不振動。「ふ」的羅馬字雖然作fu，但子音絕對不是唇齒摩擦音的/f/，而是雙唇的微弱摩擦音。

子音+母音

	は	ハ	/h/+あ
	ひ	ヒ	/h/+い
*	ふ	フ	/f/+う
	へ	ヘ	/h/+え
	ほ	ホ	/h/+お

* 表示不規則發音

●跟讀練習 CD-15

は・ひ・ふ・へ・ほ
はひふへほ

◎ 調音點

兩唇	齒齦	齒齦上顎	上(硬)顎	軟顎	聲門
フ			ヒ		ハヘホ

發音要領

先單獨發一遍子音，第二遍則在發音時快速加上母音
發「ふ」音時，嘴形仍須維持母音「う」時的扁唇
「ひ」音是舌面與上顎之間的摩擦音，舌頭中段抬高
KK音標 [hɑ] [hɪ] [fʊ] [hɛ] [hɔ]

子音 b

雙唇破裂音，聲帶振動。

子音+母音

ば	バ	/b/ + あ
び	ビ	/b/ + い
ぶ	ブ	/b/ + う
べ	ベ	/b/ + え
ぼ	ボ	/b/ + お

●跟讀練習 CD-16

ば・び・ぶ・べ・ぼ

ばびぶべぼ

◎ **調音點**

兩唇	齒齦	齒齦上顎	上(硬)顎	軟顎	聲門
バビブベボ					

發音要領

先單獨發一遍子音，第二遍則在發音時快速加上母音

發「ぶ」音時，嘴形仍須維持母音「う」時的扁唇

KK音標［bɑ］［bɪ］［bʊ］［bɛ］［bɔ］

子音 p

雙唇破裂音‧聲帶不振動。

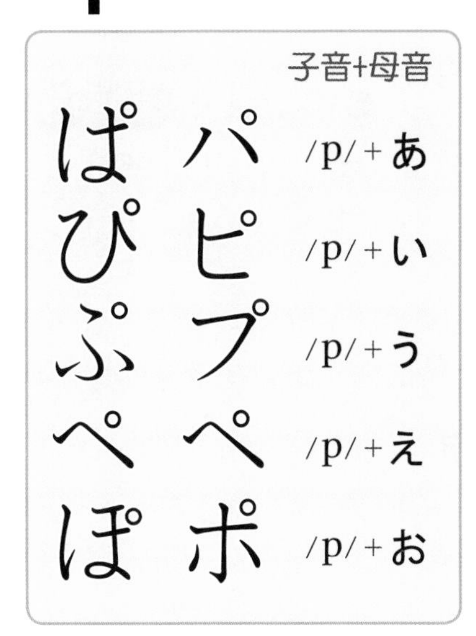

子音+母音		
ぱ	パ	/p/ + あ
ぴ	ピ	/p/ + い
ぷ	プ	/p/ + う
ぺ	ペ	/p/ + え
ぽ	ポ	/p/ + お

●跟讀練習 CD - 17

ぱ・ぴ・ぷ・ぺ・ぽ

ぱぴぷぺぽ

◎ **調音點**

兩唇	齒齦	齒齦上顎	上(硬)顎	軟顎	聲門
パピプペポ					

發音要領

先單獨發一遍子音，第二遍則在發音時快速加上母音

留意發「ぷ」音時，嘴形仍須維持母音「う」時的扁唇

KK音標［pɑ］［pɪ］［pʊ］［pɛ］［pɔ］

子音 m

閉唇鼻音，鼻子緩緩吐氣，聲帶振動。

子音+母音

ま	マ	/m/ + あ
み	ミ	/m/ + い
む	ム	/m/ + う
め	メ	/m/ + え
も	モ	/m/ + お

● 跟讀練習 CD - 18

ま・み・む・め・も

まみむめも

◎ **調音點**

兩唇	齒齦	齒齦上顎	上(硬)顎	軟顎	聲門
マミムメモ					

發音要領

先單獨發一遍子音，第二遍則在發音時快速加上母音

發「**む**」音時，嘴形仍須維持母音「**う**」時的扁唇

KK音標［mɑ］［mɪ］［mʊ］［mɛ］［mɔ］

半母音 **y**

半母音(半子音)，舌頭與上顎摩擦音，聲帶振動，KK音標的發音符號為/j/。實際發音時幾乎不出聲，只以嘴型輔助後面的母音。

		半母音+母音
や	ヤ	/j/ +あ
ゆ	ユ	/j/ +う
よ	ヨ	/j/ +お

●跟讀練習 CD-19

や・ゆ・よ

やゆよ

◎ **調音點**

兩唇	齒齦	齒齦上顎	上(硬)顎	軟顎	聲門
			ヤユヨ		

發音要領

半母音y發音近似發音點後移的「い」

半母音y是舌頭中段抬高，「い」是舌頭前段抬高

作出發半母音y的嘴型，在氣流衝出時快速發出母音

KK音標［jɑ］［jʊ］［jɔ］

子音 **r** 舌尖儘量靠近上顎，但不貼住，接著快速向前移動，吐氣，輕彈齒齦後離開，聲帶振動。

子音+母音

ら	ラ	/r/+あ
り	リ	/r/+い
る	ル	/r/+う
れ	レ	/r/+え
ろ	ロ	/r/+お

●跟讀練習 CD-20

ら・り・る・れ・ろ

らりるれろ

◎ 調音點

兩唇	齒齦	齒齦上顎	上(硬)顎	軟顎	聲門
	ラリルレロ				

發音要領

英語子音 r 是舌尖向上捲，日語子音 r 是上捲的舌尖向前彈

勿把日語子音 r 發成注音符號ㄌ（ㄌ發音時舌頭是展平的）

先單獨發一遍子音，第二遍則在發音時快速加上母音

留意發「る」音時，嘴形仍須維持母音「う」時的扁唇

KK音標［rɑ］［rɪ］［rʊ］［rɛ］［rɔ］

半母音 W

半母音(半子音)，發音方式類似母音「う」，聲帶振動，實際發音幾乎不出聲，只以嘴型輔助後面的母音。

半母音+母音

わ ワ /w/ + あ

を ヲ お

● 跟讀練習 CD-21

わ・を

◎ 調音點

兩唇	齒齦	齒齦上顎	上(硬)顎	軟顎	聲門
				ワ	

發音要領

日語半母音w的唇形沒有英語子音w那麼圓

作出發半母音w的嘴型，在氣流衝出時快速發出母音

「を」音同「お」

KK音標［wɑ］［ɔ］

中國人日語發音常見問題

☑ 日語有**清音與濁音**，中文有**送氣音與不送氣音**

清音指的是無聲音，濁音是有聲音，差別在於聲帶振動與否。在日語裡，應振動聲帶的音若發成不振動，會變成另一個意思。

中文的發音特色是送氣與不送氣，送氣音例如ㄆ，不送氣音例如ㄅ，將手掌置於嘴前若感覺有較強的氣流噴出，即是送氣音。在中文裡，應送氣的音若發成不送氣，會變成另一個意思，但日語發音不強調這一點。日本人學中文經常ㄅㄆ、ㄉㄊ、ㄍㄎ、ㄐㄑ、ㄓㄔ分不清，原因就是日語裡沒有送氣音。

☑ 要知道聲帶有無振動，可用手摀住雙耳，發がぎぐげご時，共鳴在第一時間出現；發かきくけこ時，共鳴出現前有短暫的停頓，這是因為子音"k"是「無聲音」，"g"是「有聲音」。

☑ 中國人學日語發音時，經常犯的毛病就是「氣聲過重」。有人以為聲帶不振動的「無聲音」等於中文的送氣音；聲帶振動的「有聲音」等於中文的不送氣音。── 這是錯的！清音與濁音，送氣音與不送氣音是各自獨立的發音原理。

☑ 對於不習慣清濁音的中國人，可以試著提醒自己「**發清音時，儘量去掉氣聲；發濁音時，聲音壓沈，聲帶振動**」，也許可以比較接近日本人的發音。

☑ 中國人的日語發音還有一項常被指正的問題，就是將ダ行誤聽或誤唸成ラ行。例如：

×**ら**いじょうぶ → ○**だ**いじょうぶ （沒問題）
×お**れ**ん → ○お**で**ん（關東煮）
×**ロ**ライバー → ○**ド**ライバー （螺絲起子）

ダ行的調音點為上齒齒背與齒齦接觸的邊緣，ラ行的調音點比ダ行後面，為齒齦部位，而且是彈音，不像ダ行有短暫閉氣。

※台語稱關東煮為黑輪，音同おれん；稱螺絲起子為羅賴把，音同ロライバ，便是誤將日語的だ聽成ら所致

● 依行序練習 CD-22

あ　ア	い　イ	う　ウ	え　エ	お　オ
か　カ	き　キ	く　ク	け　ケ	こ　コ
さ　サ	し　シ	す　ス	せ　セ	そ　ソ
た　タ	ち　チ	つ　ツ	て　テ	と　ト
な　ナ	に　ニ	ぬ　ヌ	ね　ネ	の　ノ
は　ハ	ひ　ヒ	ふ　フ	へ　ヘ	ほ　ホ
ま　マ	み　ミ	む　ム	め　メ	も　モ
や　ヤ		ゆ　ユ		よ　ヨ
ら　ラ	り　リ	る　ル	れ　レ	ろ　ロ
わ　ワ				を　ヲ

CD-23

が　ガ	ぎ　ギ	ぐ　グ	げ　ゲ	ご　ゴ
ざ　ザ	じ　ジ	ず　ズ	ぜ　ゼ	ぞ　ゾ
だ　ダ	ぢ　ヂ	づ　ヅ	で　デ	ど　ド
ば　バ	び　ビ	ぶ　ブ	べ　ベ	ぼ　ボ
ぱ　パ	ぴ　ピ	ぷ　プ	ぺ　ペ	ぽ　ポ

5 撥音

撥音，中文也譯作鼻音，通常都是跟在其他假名之後，很少單獨出現，發音時延續前字尾音加上鼻音。

日語只有一個撥音：  n

調音點

兩唇	齒齦	齒齦上顎	上(硬)顎	軟顎	聲門
	/n/				

「ん」的發音基本上同「な」的子音/n/，但同時也會因下一個音的發音方式而略作調整。

◎下一個音為雙唇音ｂｐｍ時，「ん」改發閉口鼻音/m/， 此時赫本式羅馬字拼音寫成 m

調音點

兩唇	齒齦	齒齦上顎	上(硬)顎	軟顎	聲門
/m/					

例如：しんぶん、さんぽ、うんめい

◎下一個音為軟顎音k、g時，「ん」的調音點由齒齦後移至軟顎，發/ŋ/音

調音點

兩唇	齒齦	齒齦上顎	上(硬)顎	軟顎	聲門
				/ŋ/	

例如：ねんかん、しんごう

● 跟讀練習 CD-24

a) ん

b) にんじん・おんな・かんどう /n/

c) しんぶん・さんぽ・うんめい /m/

d) ねんかん・しんごう /ŋ/

相關知識

有三個假名在作助詞使用時，會改變原本的發音── は、へ、が。

CD-25

◎ は 要發成 わ 的音

a) おはようございます。（早安）
これはあなたのですか。（這是你的嗎？）助

◎ へ 要發成 え 的音

b) へやをかりたい。（我想租房子。）
どこかへいきますか。（你有要去哪兒嗎？）助

◎ が 要發成 か゜鼻濁音

c) ＴＶ（テレビ）ガイドをみます。（看電視節目表。）
どれがあなたのですか。（哪一個是你的？）助

鼻濁音請參見p.116

日語の拍子

1. 拗音
2. 促音
3. 長音
4. 日語的節奏

1 拗音

前面介紹的假名都是一個假名一個音節，日語裡也有兩個假名共同發一個音的形式，這種音就稱為「ようおん(拗音)」，相對於此，一個假名一個音節的音就稱為「ちょくおん(直音)」。

拗音的形式有很多種，一般指的是以イ段假名作子音、「やゆよ」作母音，作母音的「やゆよ」必須小寫。

例：きゃ

イ段

- い（母音）
- き
- ぎ
- し
- じ
- ち
- ぢ＝「じ」
- に
- ひ
- び
- ぴ
- み
- り

＋やゆよ＝

拗音

きゃ	きゅ	きょ
ぎゃ	ぎゅ	ぎょ
しゃ	しゅ	しょ
じゃ	じゅ	じょ
ちゃ	ちゅ	ちょ
にゃ	にゅ	にょ
ひゃ	ひゅ	ひょ
びゃ	びゅ	びょ
ぴゃ	ぴゅ	ぴょ
みゃ	みゅ	みょ
りゃ	りゅ	りょ

● 仔細辨別下列字音的差異 CD-26

a) じゅう　　　　じゆう
　　十　　　　　　自由

b) びょういん　　びよういん
　　病　院　　　　美容院

● 依行序練習 CD-27

きゃ	キャ	きゅ	キュ	きょ	キョ
しゃ	シャ	しゅ	シュ	しょ	ショ
ちゃ	チャ	ちゅ	チュ	ちょ	チョ
にゃ	ニャ	にゅ	ニュ	にょ	ニョ
ひゃ	ヒャ	ひゅ	ヒュ	ひょ	ヒョ
みゃ	ミャ	みゅ	ミュ	みょ	ニョ
りゃ	リャ	りゅ	リュ	りょ	リョ

CD-28

ぎゃ	ギャ	ぎゅ	ギュ	ぎょ	ギョ
じゃ	ジャ	じゅ	ジュ	じょ	ジョ
びゃ	ビャ	びゅ	ビュ	びょ	ビョ
ぴゃ	ピャ	ぴゅ	ピュ	ぴょ	ピョ

	a	i	u/yu	e	o
y				イェ ye	
wh		ウィ whi		ウェ whe	ウォ who
qw	クァ qwa	クィ qwi		クェ qwe	クォ qwo
gw	グァ gwa				
sh				シェ she	
j				ジェ je	
sw		スィ swi			
ch				チェ che	
ts	ツァ tsa	ツィ tsi		ツェ tse	ツォ tso
th		ティ thi	テュ thu		
dh		ディ dhi	デュ dhu		
t			トゥ twu		
d			ドゥ dwu		
f	ファ fa	フィ fi	フュ fyu	フェ fe	フォ fo
v	ヴァ va	ヴィ vi	ヴ・ヴュ vu vyu	ヴェ ve	ヴォ vo

另外，兩個音發一個音節
的外來語也相當多，常見的
有左頁幾種。

這些外來語的特殊拗音，主要是為了對應以英語為首的西方語言，目的是儘量趨近正確發音，常用於標示外國的人名、地名或專有名稱等。

例如：グァム島　guam　（關島）
デュース　deuce　（平分[網球等]）
フォーク　folk　（叉子）
エンジェル　angle　（天使）
・
・
・

左表的羅馬字拼音以輸入法允許的標示為原則，有些字的拼法與實際發音有落差。

●跟讀練習 CD-29

			イェ	
	ウィ		ウェ	ウォ
クァ	クィ		クェ	クォ
グァ				
			シェ	
			ジェ	
	スィ			
			チェ	
ツァ	ツィ		ツェ	ツォ
	ティ	テュ		
	ディ	デュ		
		トゥ		
		ドゥ		
ファ	フィ	フュ	フェ	フォ
ヴァ	ヴィ	ヴ	ヴェ	ヴォ
		ヴュ		

2 促音

促音本身不發音，但是佔一個頓拍，標示上以小寫的「っ」表記，居前一個字的右下方，和拗音的母音標示法相同。

例: あっ

促音的羅馬拼音是根據後面出現的音，重複下一個音的子音。例如：

kippu	きっぷ	（票）
petto	ペット	（寵物）

如果下一個音是雙子音"sh-,ts-"時，只須重複第一個字母，唯一例外的是雙子音"ch-"，不是重複"c"，而是加"t"(註：此為赫本式拼音的規則)。

issho	いっしょ	（一起）
itchi	いっち	（一致）

●仔細辨別下列字音的差異 CD-30

a) きって　　きて
切手　　来て

b) おっと　　おと
夫　　音

3 長音

長音指的是發音時母音多拉長１拍，所以是占兩個拍子。書寫時，依段別在字後分別加上あ、い、う、い(orえ)、う(orお)。

例：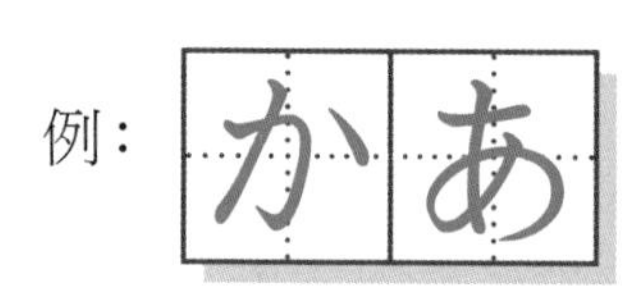

あ段	ああ、かあ、さあ、たあ、なあ、はあ、まあ、やあ、らあ、わあ
い段	いい、きい、しい、ちい、にい、ひい、みい、りい
う段	うう、くう、すう、つう、ぬう、ふう、むう、ゆう、るう
え段	えい、けい、せい、てい、ねい、へい、めい、れい
お段	おう、こう、そう、とう、のう、ほう、もう、よう、ろう

え段音和お段音較特別，若照規則，母音應該是「え、お」，表記時卻多以「い、う」代替，但發音仍是作「え、お」的音。

え段音後接「え」唸長音的少數例子，除了感嘆詞「ええ、ねえ、へえ」之外，常見的幾乎只有「**おねえさん**」這個字。

お段音下接「お」唸長音的例子稍多一些，常見的有「**おおきい、おおい、とお、こおり、とおる**」等幾個音。

● 跟讀練習　CD-31

おかあさん
おいしい
くうき
えいが　　おねえさん
おとうさん　　おおきい

＊　＊

片假名的長音標示法比較簡單，不分あいうえお段，都是用「一橫」，直書時是「一豎」，來代表長音符號。

例：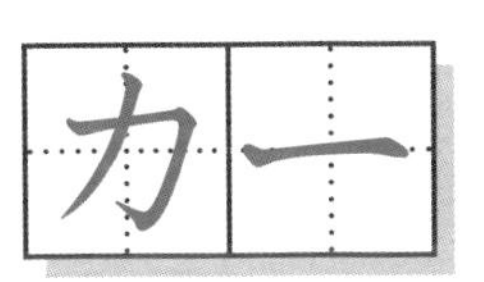

ア段	アー、カー、サー、ター、ナー、ハー、マー、ヤー、ラー、ワー
イ段	イー、キー、シー、チー、ニー、ヒー、ミー、リー
ウ段	ウー、クー、スー、ツー、ヌー、フー、ムー、ユー、ルー
エ段	エー、ケー、セー、テー、ネー、ヘー、メー、レー
オ段	オー、コー、ソー、トー、ノー、ホー、モー、ヨー、ロー

●仔細辨別下列字音的差異 CD-32

a) ビール　　　ビル
beer　　　building

b) くろう　　　くろ
苦労　　　黒

附帶一提，長音的羅馬字拼音標示方式是重複母音，或在母音上方加條橫線(¯)字上符。標示人名時，外務省式拼法亦允許在お段音的母音後面加"H"表示長音(註：日本外務省的護照人名採取赫本式表記，但お段母音後面加H的做法，卻是外務省獨自的長音表記法)。

例如：kinō, kinoo　きのう　(昨日)
pātī, paatii　パーティー　(party)
SATOH　さとう　(佐藤)

相關知識

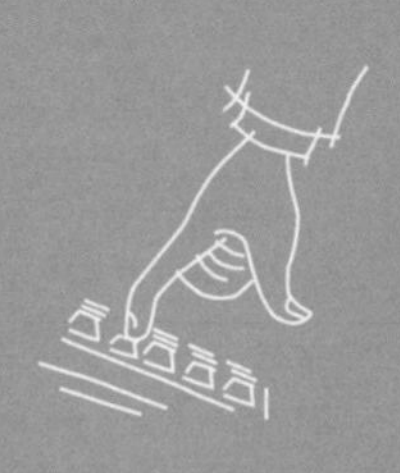

日語的羅馬字表記與拼音輸入法時有出入，尤其是長音以及促音——

◎表示長音的字上符有時會被省略，特別是印刷的字體，例如：

「とうきょう(東京)」TŌKYŌ →TOKYO

「おおさか（大阪）」ŌSAKA →OSAKA

但是羅馬字拼音輸入法不允許這種方式。

◎羅馬字拼音輸入法不接受以H代表お段長音的做法。

◎羅馬字拼音輸入法輸入長音的方式只有一種，就是直接輸入該假名的單獨拼音。例如：

「とうきょう（東京）」 →TOUKYOU

「おおさか（大阪）」 →OOSAKA

◎促音的下一個音如果是雙子音，輸入法是重複雙子音的第一個字母，即使是"ch"也是重複第一個字母"c"，不是加"t"，與表記時不同。例如：

「はっちょう(八町)」→

HACCHO[輸入法] HATCHO[表記法]

4 日語的節奏

日語屬於語速較快的語言，發音上一般以兩拍為一個單位，聽起來較自然。

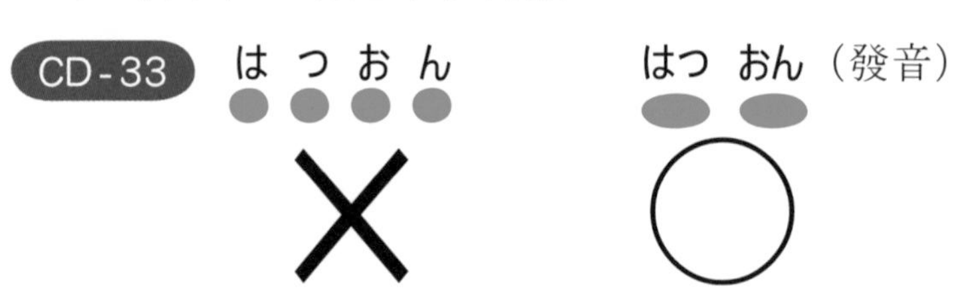

尤其是遇到下列三種情形，一定是兩拍作一個單位：

1）長音　え い・が（映画）

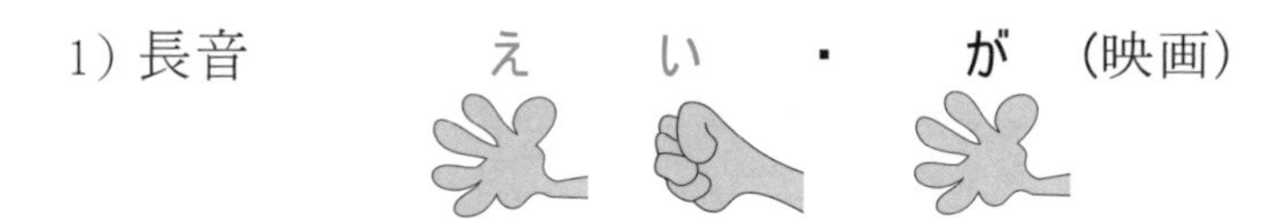

2）後接促音時　ス・リ ッ・パ（slipper）

3）後接撥音時　ぺ・き ん・は（北京は）

註：連拍處可嘗試以攤掌→握拳的方式掌握節拍

以兩拍為一個單位的日語發音特性，在單音的數字或星期略稱時最為明顯。

●仔細辨別下列音的長度 CD-34

a) 1 2 3 4 5 6 7 8 9 10
いち・に(い)・さん・し(い)・ご(う)・ろく・しち・はち・きゅう・じゅう

b) 10 9 8 7 6 5 4 3 2 1
じゅう・きゅう・はち・なな・ろく・ご(う)・よん・さん・に(い)・いち

c) 日、月、火、水、木、金、土
にち・げつ・か(あ)・すい・もく・きん・ど(う)

數字**2**、**4**(作「し」讀音時)、**5**，以及星期二、星期六的縮略**火**、**土**，都只有一個單音分別是「に、し、ご」和「か、ど」。但在發音時，日本人經常會不經意拉成長音，變成兩拍，原因就是這樣比較符合日語的節奏。

日語の重音

1. 重音的類型
2. 名詞的重音
3. 形容詞的重音
4. 動詞的重音
5. 日語的語調

1 重音的類型

日語的重音（アクセント）屬於「高低音」聲調，與中文的四聲或英語的強弱重音都不相同。

☞中文的聲調是高低中亦有起伏曲折：

陰平	陽平	上聲	去聲
三	民ˊ	主ˇ	義ˋ

☞英語的聲調是藉由音的強弱：

pro͵nunciˊation

[prə͵nʌnsɪˊeʃən]

☞日語的聲調是一音一拍的拍子高低：

	低高高	高低低低低	低高
a）	さくら	アクセント	やま
	桜		山

CD-35

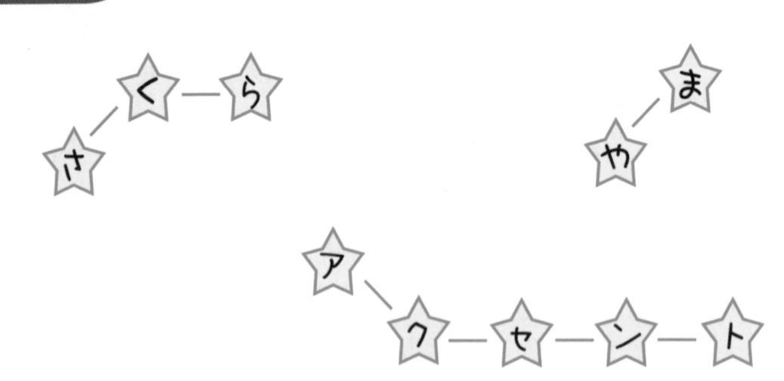

日語的高低重音有以下幾種特色——

1）第1拍與第2拍高低相反（註：日本人學中文時，經常將兩字的詞語誤讀為升降格，例如「方便」唸成「房便」，理由就是受到母語日語的重音規則干擾）

CD-35

	低高	低高	高低
b）	ともだち	ありがとう	えき
	友達(朋友)	(謝謝)	駅(車站)

2）日語一個字只會有一個高音段落，高音一旦落下，就不會再升起。

c）にちようび　　すみません

日　曜　日(星期日)　　(對不起)

3）日語高低重音主要分成四種類型

頭高型：第1拍為高音，第2拍以後低音

例 アクセント、えき

中高型：第1拍低音‧第2拍以後高音，直到最後一拍之前的任何一音再落下成為低音

例 ありがとう、にちようび、すみません

尾高型：第1拍低音‧第2拍到最後一拍為高音

例 やま、あたま

平板型：第1拍低音‧第2拍到最後一拍為高音

例 さくら、ともだち

4) 尾高型與平板型的差異在於後面跟著的助詞，應該發高音或低音

CD - 35

	尾高型	平板型
d)	あたまが 頭　が	がくせいが 学 生 が

5) 相對於**平板型**，頭高型、中高型、尾高型三者合稱**起伏型**

6) 日語高低重音的標示法不只一種

重音線：完整畫出每拍的高低音，或是只標示高起的段落

アクセント　にちようび　あたま　さくら

アクセント　にちようび　あたま　さくら

重音核：只畫出從高音落下的重音拍，平板型無重音核

アクセント　にちようび　あたま　さくら

數字法：將重音核改以數字標示

①アクセント	①えき		頭高型
②ありがとう	③にちようび	④すみません	中高型
②やま	③あたま		尾高型
⓪さくら	⓪おいしい		平板型

重點摘要

所有字的第1拍都是低音，除了頭高型之外。

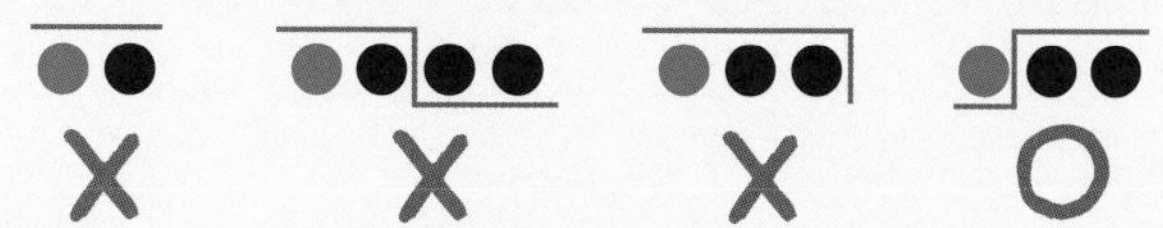

所有字的第2拍都是高音，除了頭高型之外。

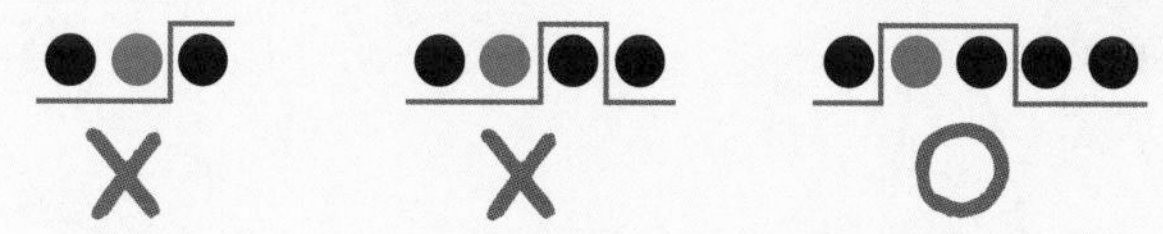

所有重音類型的第 1 拍與第2拍一定高低相反。

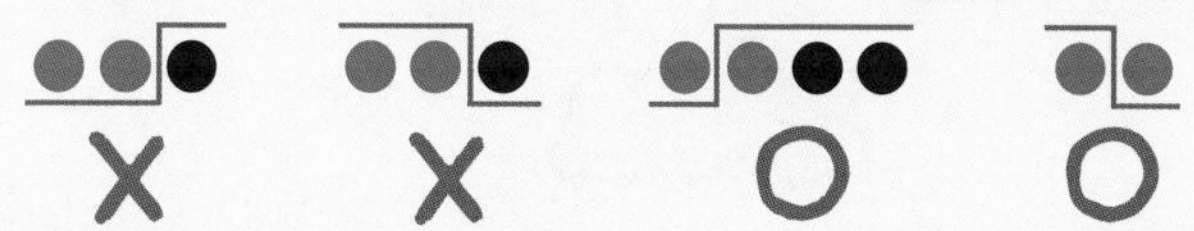

日文字不管幾拍都只有一次起伏，也就是只有一個高音段落，不會低下又高起。

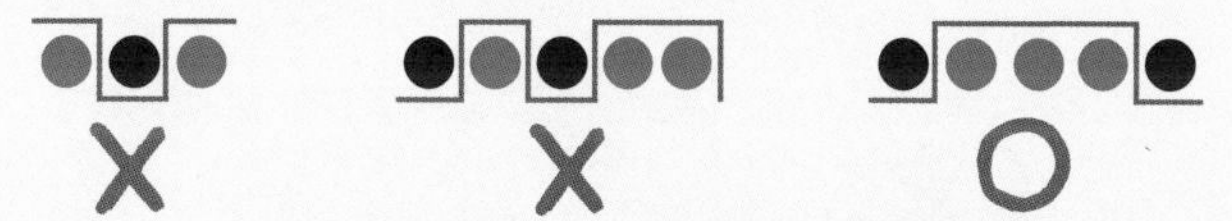

"0,1"以外的重音核，當數字與該單字字數一致時，為尾高型；不一致時，為中高型。

②ありがとう　③にちようび　-----中高型

②やま　③あたま　-----尾高型

2 名詞的重音

日語詞彙的重音如果弄錯，有時還可從文脈中去了解所要表達的意思，但有些同音字，弄錯了聲調就會變成別的字義。

例如：

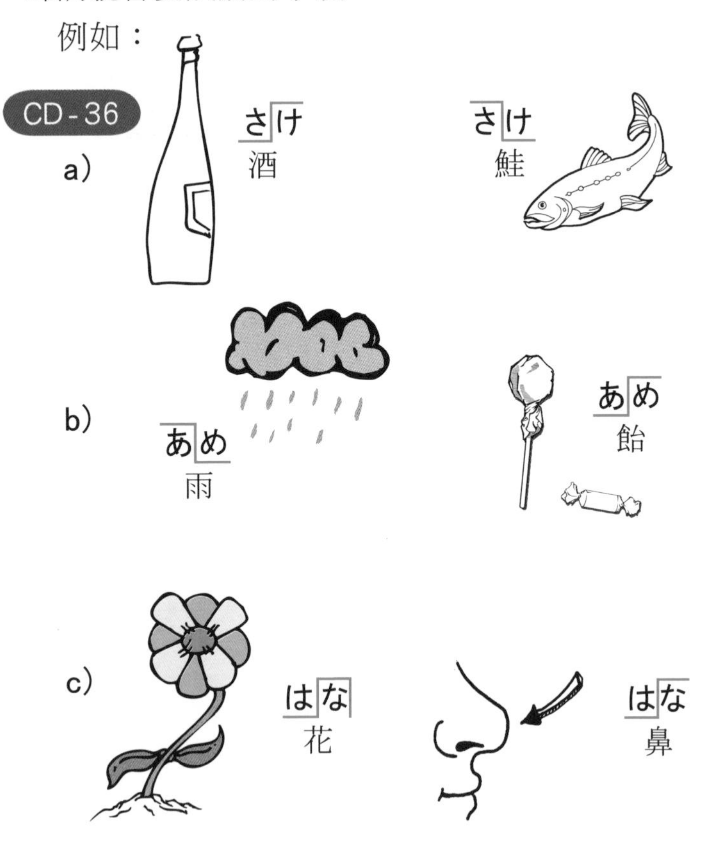

但有時候，同一個字也可能有不只一種重音。

d) ② すし
① すし
寿司

日語重音有沒有規則呢？嗯…很遺憾，沒有捷徑，只能一個一個死背。不過，有人統計過日語詞彙拍數與重音類型的關係，得出以下結論——

※名詞的整體重音類型分布

☑ **1拍的名詞**，近七成是頭高型，三成是平板型
☑ **2拍的名詞**，逾六成是頭高型，剩下的部分，尾高型略多於平板型
☑ **3拍的名詞**，平板型約占一半，頭高型則近四成
☑ **4拍的名詞**，近七成是平板型，頭高型不到一成
☑ 平板型是日語重音的最大宗
☑ 尾高型總數最少，超過4拍幾乎沒有尾高型

隨著拍數增加，頭高型與平板型的比重呈現反比：

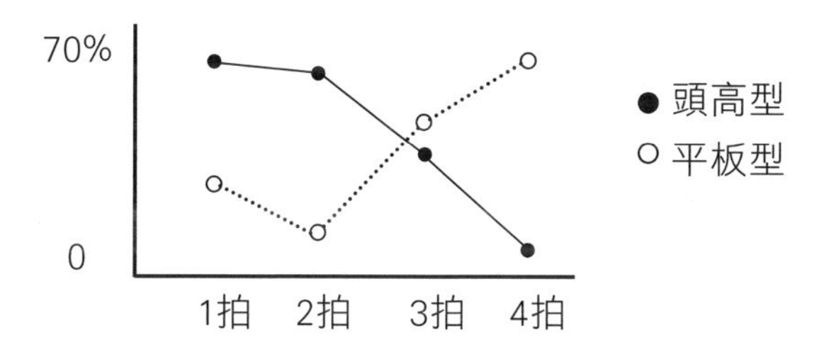

日語字以4拍的詞彙最多，所以整體而言，平板型成了日語重音的主要特徵。但千萬不要以為遇到生字時通通讀成平板型準沒錯，太過極端也不好。

超過4拍的詞彙，有很多是**外來語**與**複合名詞**。

外來語

日本文字有和字、漢字、外來語共三大類，和字指的是假名，有時也包含日本人自創的漢字；漢字是從中國傳來的文字，外來語則主要是從西方國家傳來的外國字，日本人用片假名標出字音。

由於外來語的字源主要是拉丁字母，字串較長，當音譯成日語時，拍數自然比較多。而且在轉換成外來語的同時，許多字的重音也「日本化」了，有時不一定與語源的重音一致。

CD-37

	ba´nana	バ˥ナナ
a)	´chocolate	チョコレ˥ート
	´Europe	ヨーロ˥ッパ
	´Washington	ワシ˥ントン
b)	com´puter	コンピュ˥ーター
	´couple	カ˥ップル

※日語重音通常不落在特殊音(促音、撥音、長音等)

c)　´rider　　ラ˥イダー

※注意發音，ラ和イ要連著，類似英語雙母音讀成rai，但拍長占兩拍，日語稱「連母音」

兩個母音緊鄰就叫做「連母音」。例如：

ライダー　(rider) → ra + i

タオル　(towel) → ta + o

もうす　(申す) → mo + u

英語雙母音為一個音，日語連母音雖然經常有「連音」現象，但仍是兩拍。

外來語在重音方面的「日本化」，有幾個明顯特徵——

☑ **重音落在後面數來第 3 拍的外來語佔多數**
(參見左頁範例 a)

☑ 外來語後面數來第3拍若是促音、撥音、長音等特殊音時，重音會向前移一拍，即後面數來第4拍
(參見左頁範例 b)

☑ 外來語後面數來第 3 拍若為連母音的「い」，作法同長音，重音向前移一拍(參見本頁上方範例 c)

除了起伏式的重音，外來語還有一成左右是平板音。

不過，近年來傳入的新外來語則有以語源的重音為重音的趨勢。

CD-37

d）

´cereal	シ˥リアル
´supplement	サ˥プリメント
´dressing	ドレ˥ッシング
´stocking	スト˥ッキング

複合名詞

所謂複合名詞，顧名思義就是拆開來是各別的兩個字，合在一起則成了一個新的名詞。除了複合名詞之外，還有複合動詞、複合形容詞等等，日語統稱為複合語。這裡要談的是「名詞＋名詞」形式的複合名詞。

請注意以下範例的重音變化。 CD-38

a）

なごやの　だいがく
名古屋の　大　学　（名古屋的大學）　例 1
［文節］　［文節］

なごやだいがく
名古屋大学　（名古屋大學）　例 2

例 1 是兩個文節的組合，意思是位於名古屋的大學，例 2 是一所大學的名稱，為複合名詞。

「文節（ぶんせつ）」亦有人意譯成「語節」，是指日語可以把一句話斷成幾部分的最小語言單位，也是發音時可以停頓的換氣點。

日語的每個名詞都可以單獨成為文節，後面如果跟著助詞，助詞也會納入同一個文節。正常情形下，一個文節只會有一個高音段落，如果低下又高起，表示有兩個文節串在一起。

「名古屋」和「大学」分開來時，各有自己的高音段落，合成一個新字時，兩個高音段落必須調整成為一個。

下面是另一個例子： CD-38

b）たいわんの だいがく
台湾の 大学 （台灣的大學）
［文節］ ［文節］

たいわんだいがく
台湾大学 （台灣大學）

範例 b 是和範例 a 相同的舉例，注意「台湾、名古屋」的重音位置，台灣是③號音，名古屋是①號音，但奇妙的是，變成台灣大學與名古屋大學時，重音統一都落在「だ」的拍子上。

這是否暗示，日語「名詞＋名詞」合成複合名詞時，重音其實是有規則可循的呢？

有的！

關鍵字就是「**後項要素**」與「**拍數**」。後項要素指的是複合名詞「名詞1＋名詞2」的名詞2；同理，前項要素就是名詞1。

首先記住複合名詞有項大原則——

重音大多落在後項要素的第1拍

CD-39

a) けいたい ＋ でんわ → けいたいで˥んわ
携帯 電話 携帯電話

でんわ ＋ ばんご˥う → でんわば˥んごう
電話 番号 電話番号

ひがし ＋ おおさか → ひがしお˥おさか
東 大阪 東大阪

但下列情形除外——

☑後項要素(名詞2)如果只有1拍或2拍時，重音通常落在前項要素(名詞1)的最後1拍

b) みなと˥ ＋ く˥ → みなと˥く
港 区 港区

うえの ＋ え˥き → うえの˥えき
上野 駅 上野駅

うんどう＋かい　→うんどうかい
運動　会　運動会

註：原本應為重音的拍子如果是特殊音（促音、撥音、長音等）時，重音自動向前移一拍

☑後項要素（名詞2）如果是尾高型的2拍，組合後的重音有時為⓪號音

c）みどり＋いろ　→みどりいろ
緑　色　緑色

☑後項要素（名詞2）如果是中高型的4拍，組合後的重音常見保留名詞2的重音

d）かみ＋ひこうき　→かみひこうき
紙　飛行機　紙飛行機

☑後項要素（名詞2）如果超過5拍（含5拍），組合後的重音通常保留名詞2的重音

e）

かんこう＋あんないじょ　→かんこうあんないじょ
觀光　案内所　觀光案内所

ぺきん＋オリンピック　→ぺきんオリンピック
北京　Olympic　北京Olympic

當然，有時也會出現與規則不符的情形，這時就要靠死背了。例如：

ガラス	＋	ま˥ど	→	ガラス˥まど	✕
glass		窓		glass窓	
				ガラスま˥ど	○

きょうさん	＋	と˥う	→	きょうさ˥んとう	✕
共産		党		共産党	
				きょうさんとう	○

複合名詞的總拍數一般在 5 拍(含5拍)以上，所以上述規則對於 4 拍以下的複合名詞常有不適用的情形。這時建議把 4 拍(含4拍)以下的複合名詞看作單純名詞(參見第75頁「名詞的整體重音類型分布」)，判別的準確度反倒會高一些。

＊ ＊

其實，日語重音沒有絕對規則可循，規則的整理只是為了幫助學習者建立基本概念。在遇到新字時，還是要**查辭典，一個字一個字確認正確的重音**，才不會出錯。

註：另有關於由動詞與形容詞轉成的名詞重音規則，請參見附錄。

相關知識

日本人的名字經常有同音的情形，不管漢字是否相同，同拍數時的重音倒是有一定模式

◎（♀）女生名：３拍的「**～こ**（子）」→頭高型

ななこ（奈々子）
ともこ（友子・朋子・智子・知子…）

◎（♂）男生名：３拍的「**～し/じ**」→頭高型

たかし（隆司・崇史・孝志・孝之・貴士…）
ひろし（博史・裕史・寛・浩司・浩志…）
けんじ（健二・健治・健司・健次・賢治…）

◎（♀）女生名：３拍的「**～え・～み**」→平板型

よしえ（良恵・佳恵・由江・由絵…）
かずえ（和江・和枝・一恵…）
ともみ（朋美・友美・友実・智実・…）

◎（♂）男生名：３拍的「**～お**」→平板型

ひでお（秀夫・秀雄・英男・英雄・英夫…）
まさお（雅夫・正雄・正夫・政男・昌男…）

3 形容詞的重音

日語形容詞分為イ形容詞和ナ形容詞，跟名詞最大的不同是，形容詞有語尾變化，名詞沒有，(イ)形容詞的重音會變化，名詞的重音則是固定的。

イ形容詞

イ形容詞的特色是，最後1拍一定是「い」。這個特色可以充分運用在重音的規則上。

CD - 40

a) 赤い　あかい
重い　おもい
明るい　あかるい
優しい　やさしい

b) 良い　よ˥い
広い　ひろ˥い
短い　みじか˥い
嬉しい　うれし˥い
忙しい　いそがし˥い

注意以上重音，有沒有發現什麼特徵？

沒錯！日語イ形容詞的原形（意指語尾未變化前的形態），可以簡化為兩種重音類型：平板型，以及重音落在尾拍「い」之前的起伏型。相較於名詞有形形色色的重音類型，イ形容詞顯得單純許多——

1. **重音為從後面數來第2拍，或是平板型**
2. 起伏型的比例又比平板型多很多

日常所見的イ形容詞除了以下是平板型之外，幾乎都是起伏型。套色的詞彙表示有平板與起伏兩種唸法。

▷赤い・浅い・厚い・甘い・荒い・粗い・薄い・遅い
重い・硬い・堅い・軽い・きつい・暗い・煙い
つらい・遠い・眠い・丸い

▷明るい・あぶない・怪しい・おいしい・重たい
悲しい・黄色い・煙たい・冷たい・眠たい・平たい
優しい・易しい・よろしい

▷くすぐったい・難しい

註：平板型イ形容詞修飾名詞時為平板型，但單獨發音時卻是同起伏型

＊＊

雖然偶爾也會出現「①おおい（多い）」這類重音不是後面數來第2拍的例子，但這是因為倒數第2拍是特殊音（長音）的關係，重音因此向前移一拍。

這兩種類型的イ形容詞變化形，在後接助詞或助動詞等時，也有各自的重音變化模式。

- 平板型以A組「おもい、あかるい、やさしい」為代表例
- 起伏型以B組「よい、ひろい、いそがしい」為代表例

CD-41 (A)

おもい	おもいです	おもくて	おもく・ない
		おもかった	おもく・ありません
あかるい	あかるいです	あかるくて	あかるく・ない
		あかるかった	あかるく・ありません
やさしい	やさしいです	やさしくて* やさしくて	やさしく・ない
		やさしかった* やさしかった	やさしく・ありません

CD-42 (B)

よい	よいです	よくて	よく・ない
		よかった	よく・ありません
ひろい	ひろいです	ひろくて	ひろく・ない
		ひろかった	ひろく・ありません
いそがしい	いそがしいです	いそがしくて	いそがしく・ない
		いそがしかった	いそがしく・ありません

A組在原形時沒有重音核，但一結合助詞或助動詞等時，重音核出現了。除了否定形之外，重音核幾乎都落在原形時的倒數第2拍，即「い」之前的音。

註：「やさしくて」因為「し」發生母音無聲化現象，所以重音向前移一拍，因此有兩種發音方式（參見P.120 **母音無聲化**）

B組的變化則是只有在後接「です」時重音不變，其餘都是重音核向前移一拍。

但比較新式的唸法是，B組也有人作下列方式發音——

CD-43

ひろ˥い	いそがし˥い
ひろ˥いです	いそがし˥いです
ひろ˥くて	いそがし˥くて
ひろ˥かった	いそがし˥かった
ひろ˥く・な˥い	いそがし˥く・な˥い
ひろ˥く・ありませ˥ん	いそがし˥く・ありませ˥ん

即不管變化形為何，重音一律在原形時的「い」之前。

這裡你也許會覺得奇怪，為什麼「ない」跟「ありません」上頭也有一個重音核？

這是因為他們分別是補助功能的形容詞以及動詞，屬於另一個文節，所以也有自己的重音。

ナ形容詞

ナ形容詞只有在後接名詞時，才會出現「な」。特色是通常只標示語幹，形態和名詞類似。

辭典標示(只有語幹)		原形(辭典標示加だ)
有名	ゆうめい	→ゆうめいだ
不思議	ふしぎ	→ふしぎだ
好き	すき	→すきだ
綺麗	きれい	→きれいだ
大丈夫	だいじょうぶ	→だいじょうぶだ

ナ形容詞的變化形重音遠比イ形容詞單純許多，雖然有語尾變化，但重音就和名詞一樣固定。

CD-44

ふしぎだ ふしぎな	ふしぎです	ふしぎで
	ふしぎだった	ふしぎでは・ない
		ふしぎでは・ありません
すきだ すきな	すきです	すきで
	すきだった	すきでは・ない
		すきでは・ありません
きれいだ きれいな	きれいです	きれいで
	きれいだった	きれいでは・ない
		きれいでは・ありません

相關知識

平板型的イ形容詞在後接頭高型以外的名詞時，名詞的第1拍低音，通常會延續前面形容詞的平板形態，改發高音。但若重點是放在名詞上，則仍按照原本的重音發音。動詞修飾名詞時，也有相同情形。

CD-45

a）あまい ＋ おかし → あまいおかし
甘い　お菓子　甘いお菓子

b）あまい ＋ おかし → あまい おかし
甘い　お菓子　甘い　お菓子

a像完整的詞語，b則有凸顯「お菓子」的用意。

c）さいた ＋ はな → さいたはな
咲いた　花　咲いた花

4 動詞的重音

日語動詞依據活用變化分為三類：第Ⅰ類(五段動詞)、第Ⅱ類(上下一段動詞)、第Ⅲ類(變格動詞)。不過，如果就原形的重音區分，會發現原來日語動詞也跟イ形容詞一樣——**平板型，或是重音在後面數來第2拍**，幾乎只有這兩種類型。

CD-46

a)

類	動詞	讀音	
Ⅰ	買う	かう	
Ⅰ	遊ぶ	あそぶ	平板型
Ⅰ	働く	はたらく	平板型
Ⅱ	寝る	ねる	平板型
Ⅱ	消える	きえる	平板型
Ⅲ	する	する	

b)

類	動詞	讀音	
Ⅰ	読む	よむ	
Ⅰ	話す	はなす	起伏型 倒數第2拍
Ⅰ	喜ぶ	よろこぶ	起伏型 倒數第2拍
Ⅱ	見る	みる	起伏型 倒數第2拍
Ⅱ	食べる	たべる	起伏型 倒數第2拍
Ⅱ	別れる	わかれる	起伏型 倒數第2拍
Ⅲ	来る	くる	起伏型 倒數第2拍

偶爾也會有例外，比如「①とおる（通る）」「①かえる（帰る）」「①はいる（入る）」等，重音就不是後面數來第２拍，不過這些是少數，可以視同特例。

CD-46

c）　Ⅰ　通る　　と˥おる
　　　Ⅰ　帰る　　か˥える
　　　Ⅰ　入る　　は˥いる

其他常見特例還有：

か˥えす　（返す、反す、帰す、孵す）
か˥える　（返る、反る、帰る、孵る）
も˥うす　（申す）

以及「する」複合動詞，例如：

たび˥する　（旅する）　そ˥んする（損する）
な˥みだする（涙する）　……

＊　＊

平板型與倒數第２拍的起伏型，這兩類重音的動詞變化形，在後接助詞或助動詞等時，也有各自的重音變化模式。

●平板型以Ａ組為例
●起伏型以Ｂ組為例

CD-47

(A)

I	かう	かいま┐す	かって	かわない
		かいませ┐ん	かった	
	あそぶ	あそびま┐す	あそんで	あそばない
		あそびませ┐ん	あそんだ	
	はたらく	はたらきま┐す	はたらいて	はたらかない
		はたらきませ┐ん	はたらいた	
II	ねる	ねま┐す	ねて	ねない
		ねませ┐ん	ねた	
	きえる	きえま┐す	きえて	きえない
		きえませ┐ん	きえた	
III	する	しま┐す	して	しない
		しませ┐ん	した	

Ａ組動詞在後接「ます、ません」時產生重音核，其餘變化形不分動詞類型，仍然維持平板型。

CD-48

(B)

I	よむ	よみます	よんで	よまない
		よみません	よんだ	
	はなす	はなします	はなして	はなさない
		はなしません	はなした	
	よろこぶ	よろこびます	よろこんで	よろこばない
		よろこびません	よろこんだ	
II	みる	みます	みて	みない
		みません	みた	
	たべる	たべます	たべて	たべない
		たべません	たべた	
	わかれる	わかれます	わかれて	わかれない
		わかれません	わかれた	
III	くる	きます	きて	こない
		きません	きた	

B組動詞須特別留意第II類動詞後接「て、た」時，重音核會向前移一拍。

後接「ない」時不分動詞類型，重音核統一落在「ない」的前面1拍。

看完動詞與イ形容詞的重音變化規則，以下整理了一些口訣，提供讀者作為參考。

● 「平板」「起伏」指的是原形時的重音類型

動詞		イ形容詞	
變化形	重音	變化形	重音
～ます ～ました	重音在ま	～いです	重音在い前
～ません	重音在せ		
～て ～た	註1 平板0 起伏：重音在て/た前2	～くて	平板：重音在く前 起伏：重音在く前2 新重音在く前
		～かった	平板：重音在か前 起伏：重音在か前2 新重音在か前
～ない 註2	平板0 起伏：重音在な前	～く 註3	平板0 起伏：重音在く前2 註4 新重音在く前
～ば	平板：重音在ば前 起伏：重音在ば前2	～ければ	平板：重音在け前 起伏：重音在け前2 新重音在け前

註：

1. 「平板0」表示平板型變化後發0號音；「起伏：重音在て前2」表示起伏型變化後重音移到て的前2拍；若變化形一共只有兩拍，重音為て的前1拍。以下同。
2. 動詞否定形時的「ない」為助動詞。
3. 「～く」為イ形容詞的語尾變化，後面可接形容詞「ない」、動詞「ありません」等。
4. 「新重音」表示新式唸法時的重音規則。

相關知識

但如果重音落在「母音無聲化」(參見p.120)的拍子上時，重音有時會前移或後移一拍。

CD-49 ◌表該拍母音無聲化

a) やさしい → ○ やさしくて ○ やさしくて
優しい 優しくて 優しくて

b) つける → × つけて ○ つけて
付ける 付けて

c) くる → ○ きて ○ きて
来る 来て 来て

5 日語的語調

中國人講日語最常被指正的錯誤，其中一項就是語調忽高忽低太頻繁，聽在日本人的耳朵裡極不自然。

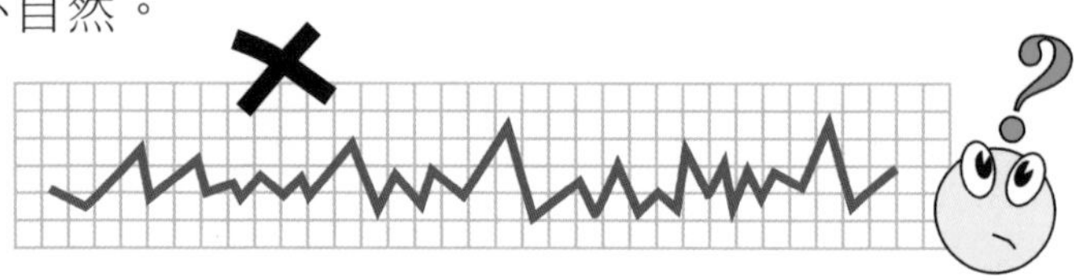

語調是指一句話的高低重音起伏。組成句子的字個個都有重音，許多學習者以為按照每個字的重音一一發聲準沒錯，其實是大錯特錯！

日語重音以文節為單位，前面第79頁曾經說過在正常情形下，「一個文節只會有一個高音段落」。數個文節串成一個文意段落，文意段落再集合成句子，在過程中，重音也隨著**單字→文節→連文節→句子**而時有調整。

例 物よりお金のほうがいい。

單字	もの/より/おかね/の/ほう/が/いい …
文節	ものより/おかねの/ほうが/いい …
連文節	ものよりおかねのほうが/いい …
句子	ものよりおかねのほうがいい。

要模仿得像日本人說話的語調，首先就要懂得這其中的變化規則。

單字→文節

名詞、形容詞、動詞都是單獨一個字就自成一個文節，會有多個單字合成文節的情形，通常是以下三種模式：

名詞＋助詞或助動詞
形容詞活用形＋助動詞或助詞
動詞活用形＋助動詞或助詞

後兩項在上兩節已簡單說明，更詳細的歸納整理請參見附錄。這一節要針對的是「名詞＋助詞或助動詞」的文節重音作探討。

首先，要弄清楚有哪些助詞與助動詞經常跟在名詞後面——

助詞：が、は、も、を、に、へ、か、よ、から、だけ、まで、でも、より、こそ…

助動詞：だ、です、だろう、でしょう、みたい、らしい…

名詞＋助詞

重音變化類型				A（平板）	B（頭高）	C（尾高）
助詞種類／名詞種類				が、は、を、も、と、で、に、へ、か、よ、から、ほど、として…	まで、でも、より、こそ、かしら、など、なんか…	ね、かな（疑惑）、かね
平板式名詞		一拍	ひ（日）	ひが	ひまで	ひね
		二拍	みず（水）	みずが	みずまで	みずね
		三拍	さくら（桜）	さくらが	さくらまで	さくらね
		四拍	ともだち（友達）	ともだちが	ともだちまで	ともだちね
起伏式名詞	尾高	二拍	やま（山）	やまが	やままで	やまね
		三拍	おとこ（男）	おとこが	おとこまで	おとこね
		四拍	いもうと（妹）	いもうとが	いもうとまで	いもうとね
	中高	三拍	たまご（卵）	たまごが	たまごまで	たまごね
		四拍	たいふう（台風）	たいふうが	たいふうまで	たいふうね
	頭高	一拍	き（木）	きが	きまで	きね
		二拍	はる（春）	はるが	はるまで	はるね
		三拍	いのち（命）	いのちが	いのちまで	いのちね
		四拍	けいざい（経済）	けいざいが	けいざいまで	けいざいね

註：＊表示該重音規則目前少見

特例1	特例2	特例3	特例4
の	しか	くらい（ぐらい）、どころ、ばかり	だけ
ひの	ひしか ひしか＊	ひくらい	ひだけ
みずの	みずしか みずしか＊	みずくらい	みずだけ
さくらの	さくらしか さくらしか＊	さくらくらい	さくらだけ
ともだちの	ともだちしか ともだちしか＊	ともだちくらい	ともだちだけ
やまの	やましか	やまくらい やまくらい	やまだけ やまだけ＊
おとこの	おとこしか	おとこくらい おとこくらい	おとこだけ おとこだけ＊
いもうとの	いもうとしか	いもうとくらい いもうとくらい	いもうとだけ いもうとだけ＊
たまごの	たまごしか	たまごくらい たまごくらい	たまごだけ たまごだけ＊
たいふうの	たいふうしか	たいふうくらい たいふうくらい	たいふうだけ たいふうだけ＊
きの	きしか	きくらい きくらい	きだけ きだけ＊
はるの	はるしか	はるくらい はるくらい	はるだけ はるだけ＊
いのちの	いのちしか	いのちくらい いのちくらい	いのちだけ いのちだけ＊
けいざいの	けいざいしか	けいざいくらい けいざいくらい	けいざいだけ けいざいだけ＊

名詞＋助動詞

重音變化類型				A（平板）	B（頭高）	D（中高－2）
名詞種類 ＼ 助動詞種類				だ	です	だろう、でしょう
平板式名詞		一拍	ひ（日）	ひだ	ひです	ひだろう
		二拍	みず（水）	みずだ	みずです	みずだろう
		三拍	さくら（桜）	さくらだ	さくらです	さくらだろう
		四拍	ともだち（友達）	ともだちだ	ともだちです	ともだちだろう
起伏式名詞	尾高	二拍	やま（山）	やまだ	やまです	やまだろう
		三拍	おとこ（男）	おとこだ	おとこです	おとこだろう
		四拍	いもうと（妹）	いもうとだ	いもうとです	いもうとだろう
	中高	三拍	たまご（卵）	たまごだ	たまごです	たまごだろう
		四拍	たいふう（台風）	たいふうだ	たいふうです	たいふうだろう
	頭高	一拍	き（木）	きだ	きです	きだろう
		二拍	はる（春）	はるだ	はるです	はるだろう
		三拍	いのち（命）	いのちだ	いのちです	いのちだろう
		四拍	けいざい（経済）	けいざいだ	けいざいです	けいざいだろう

特例1	特例2	
らしい	みたい	
ひらしい	ひみたい	
みずらしい	みずみたい	
さくららしい	さくらみたい	
ともだちらしい	ともだちみたい	
やまらしい やまらしい	やまみたい	やま・みたい
おとこらしい おとこらしい	おとこみたい	おとこ・みたい
いもうとらしい いもうとらしい	いもうとみたい	いもうと・みたい
たまごらしい たまごらしい	たまごみたい	たまご・みたい
たいふうらしい たいふうらしい	たいふうみたい	たいふう・みたい
きらしい きらしい	きみたい	き・みたい
はるらしい はるらしい	はるみたい	はる・みたい
いのちらしい いのちらしい	いのちみたい	いのち・みたい
けいざいらしい けいざいらしい	けいざいみたい	けいざい・みたい

助詞與助動詞原則上沒有重音，少數有重音的，也都不固定一種發音模式。

這是因為助詞與助動詞都是附屬性質，跟著前面的名詞(或動詞、形容詞等)發音，前面的名詞如果是平板型，助詞、助動詞也會跟著發平板音；前面的名詞如果有重音核，音階已經降了下來，助詞、助動詞便會跟著發低音。

雖然還是有些助詞、助動詞很有「個性」，像是「まで、ね、だろう…」似乎都有重音，只是如果仔細觀察，這些**助詞、助動詞的個性只有在前項要素是平板音時才容易顯現**。前面接續的名詞如果是起伏式，除了少部分特例，助詞與助動詞仍然是發低音。

註：為了方便辨識，第98,100頁是將前接平板音時，助詞與助動詞的發音類型，以「平板、頭高、尾高、中高」標出。

特例中，又須特別留意「みたい」這個助動詞，除了符合B類型的發音規則之外，也有不少日本人喜歡用斷開的方式分別發音，以此來凸顯「みたい」。例如：

「てんし・みたい」
天使

相關知識

助詞後面如果又跟著助詞時，要如何發音呢？第二個助詞的前頭如果已經有重音核，問題不大，發低音就對了；但如果第二個助詞前面是平板音，此時通常改成尾高型再接第二個助詞。

CD-50

a）おとなまで ＋ も → おとなまでも
大人まで　大人までも

b）はなから ＋ は → はなからは
鼻から　鼻からは

c）いなかへ ＋より＋も → いなかへよりも
田舎へ　田舎へよりも

文節→連文節

文節加上文節，若在語意或文法結構上**具有高度連結性**，就稱為連文節。

請仔細辨別下列兩組發音—— CD-51

a) ななこの　しゃしん　→　ななこのしゃしん
奈々子の　写真　　奈々子の写真

b) こどもの　しゃしん　→　こどものしゃしん
子供の　写真　　子供の写真

在b的例子中，由於前面文節為平板音，同樣是平板音的「しゃしん」第1拍原本音階應該落下，也改成了高起的音。

同樣的情形也發生在其他詞類上——

c) てを　みせる　→　てをみせる
手を　見せる　　手を見せる

d) しゃしんを　みせる　→　しゃしんをみせる
写真を　見せる　　写真を見せる

動詞「みせる」的重音是中高型，第1拍發低音，但當與前項平板音「しゃしんを」(d例)統合成連文節之後，第1拍「み」改發高音。

如果把b例和d例串連起來—— CD-52

a'）こどもの しゃしんを みせる
子供の　写真を　見せる

原本應為低音的「しゃ」和「み」，改成延續前面音節的高音拍不落下，三個文節連起來如同一個文節，只有一個高起處。

也就是說，連文節基本上不會改變各文節原本的重音，只有**當前面文節是平板型時，後面文節的第1拍會延續整體聲調，保持高起**。

但有時也會出現類似以下的重音模式——

b'）こどもの しゃしんを みせる
［連文節］［文節］

c'）こどもの しゃしんを みせる
［文節］［連文節］

d'）こどもの しゃしんを みせる
［文節］［文節］［文節］

此時文節間的語意連結弱化，獨立出來的文節具有凸顯的用意，b'例的重點在「みせる」，c'例是「こどもの」，d'例則是「しゃしんを」。

相關知識

の這個助詞後面若修飾平板音「上(うえ)、下(した)、うち、日(ひ)、人(ひと)、所(ところ)」，作「…の～」形式時，也許是文意連結度高，為了表示區隔，原平板音「上、下、うち、日、人、所…」習慣上會改為尾高音。

CD-53

◎ a）となり　の　ひと　は　がいこくじん　です
隣　人　外国人

→ となりのひとは　がいこくじんです
隣の人は　外国人です

◎ b）やま　の　うえ　から　みる　はなび
山　上　見る　花火

→ やまのうえから　みる　はなび
山の上から　見る　花火

連文節→句子

文節與連文節合組成句子，一個句子就有多次的高起與低下，日本人的發音習慣是一山比一山低。

CD-54

a） せんせいに あいました。

先生に　　会いました。

b） あした バスで こうべへ いきます。

あした バスで　神戸へ　行きます。

整句的聲線有些類似日語假名「へ」，呈現向右下緩慢下降的形態，這在生理上來看是很自然的事，以一口氣說完句子，氣息當然愈來愈弱。

除非你想特別強調某個字，這時才會有不同的形態——

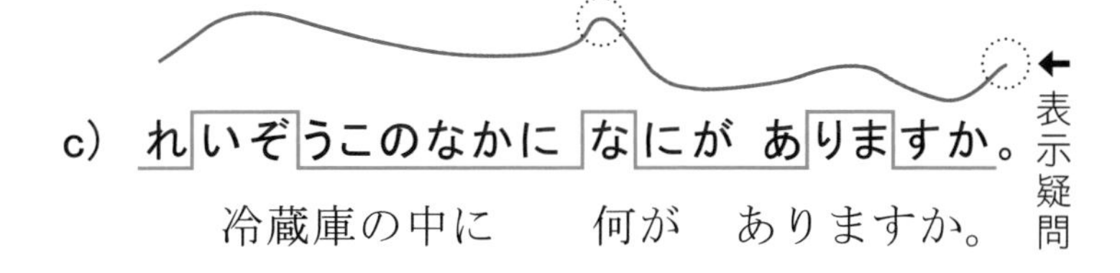

尤其是語意連結性強的連文節，在沒有強調特定語詞的情況下，如果不仔細聽，幾乎就像單一文節，只有一座「山」，意思是說只有一個高音段落。

CD-55

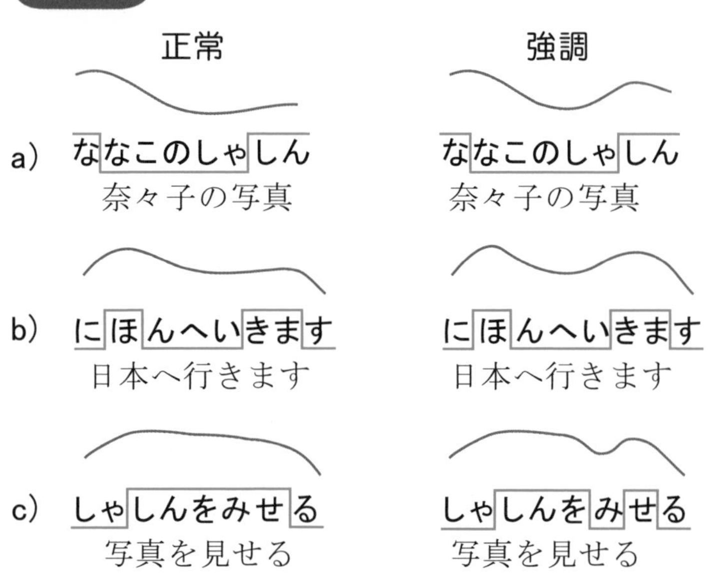

註：a b 例是前面文節為非平板型的連文節，在高低重音不變的情況下，主要藉由聲幅大小作變化。

相關知識

は是表示「已知話題」的提示詞，重點是「～は」後面的陳述說明，所以「～は…」的句型一般有兩座「山」，也就是兩個高音段落。

CD-56

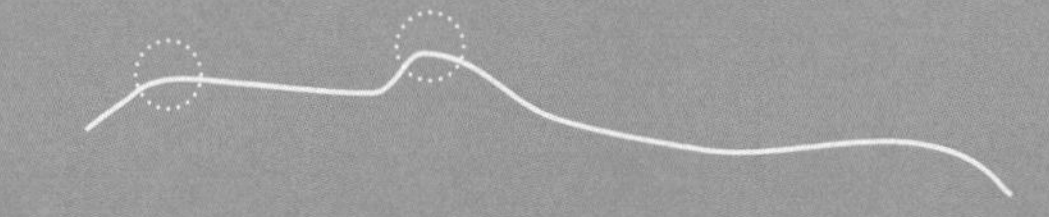

a）わたしは　ラーメンを　たべます。

わたしは　ラーメンを　食べます。

b）あしたは　がっこうを　やすみます。

あしたは　学校を　休みます。

句尾的語氣

日語句尾語調的「高、低、起、伏」透露說話者的情緒。通常影響情感表現的要素有——

☑句尾高起或下降
☑聲音高低落差幅度
☑音拍拉長與否

CD-57

a）　そうですか。↗　　[提出疑問]

b）　そうですか。↘　　[高興]

c）　そうですか。↘　　[了解]

d）　そうですか。⤴　　[表示懷疑]

e）　そうですね。↗　　[尋求確認]

f）　そうですね。↘　　[附合]

g）　そうですね。--→　　[遲疑]

日語句尾有上昇、下降、平調三大類型，上昇調經常用在說話者對聽者作訴求時，下降調則多為表達自身情感時的語氣。

CD-58

a） そろそろ行くよ。 ↗ ［催促對方］

b） 違うわよ。 ↘ ［反駁］

c） 佐藤さんですか。 ↗ ［提出疑問］

d） そうです。 ↘ ［肯定句］

上昇調、下降調、平調如果再加上聲幅變化或是音拍拉長等，則又是不同的聲音表情。

CD-59

a） そうでしょう。 ↘ ［推想］

b） そうでしょう。 --→ ［同感］音拍拉長

c） それはうそだ。 ↘ ［斷言］

d） うそ！ ↘ ［驚訝］聲幅加大

每個人的音頻與習慣不同，語氣的變化方式多少因人而異，不過大致上還是可以整理出以下幾項共通點。

1）尋求對方回應時，多採取上昇調

常見場景：提出疑問、徵求同意、尋求確認、喚起注意…

2）表達自身情感時，下降調使用最多

常見場景：表示斷定、否定、不滿、失望、懊惱、訝異等

3）聲幅愈大給人感覺情緒愈強烈

常見場景：表示高興(下降調)、驚訝(下降調)、懷疑(上昇調)…

4）音拍愈長給人感覺態度愈謹慎

常見場景：表示遲疑(平調)、同情(平調)、委婉提問(下降調)…

下降調由於語氣完結的關係，感覺上易造成對方無從接話的困窘，所以在社交場合中，日本人習慣不把話整句說完，在可理解語意的情況下，省略掉後半句，尾音拉長，為的就是讓彼此能有較好的談話氣氛。

相關知識

否定反問「～じゃない?」或「～じゃないか。」，究竟是對話題對象持肯定或否定態度，經常有學習者搞不清楚，以下試舉幾例作說明。

CD-60

◎肯定

a）いい出来(でき)じゃないか。↘　做的不錯呀。

b）いい出来じゃない。↗　做的不錯，不是嗎？

c）いい出来じゃない。↘　做得不錯嘛！

◎否定

d）いい出来じゃない。↘　做的不好。

e）いい出来じゃないでしょう。↘　做的不好吧。

日本人の日本語

1. 鼻濁音
2. 母音無聲化
3. 口語縮音
4. 招呼語

1 鼻濁音

か゚き゚く゚け゚こ゚

你知道上面這五個假名怎麼發音嗎？

可別以為它們是カ行的「半濁音」哦，這五個假名叫做**ガ行鼻音**，又稱**鼻濁音**。

請先比較ガ行鼻音與濁音的發音異同——

が・ぎ・ぐ・げ・ご　CD-61
か゚・き゚・く゚・け゚・こ゚

鼻濁音其實是ガ行濁音的鼻音化，通常除了專門的發音辭典，一般書本很少看到右上角打圈圈的鼻濁音標示。

但在發音時，(有些)日本人就是會很自然地將某些ガ行濁音讀成ガ行鼻音。

為什麼說有些日本人呢？其實包含下一節要談的「母音無聲化」也是，都有年齡層與居住地區的個別差異。

通常在幾種情形下,(有些)日本人會將ガ行濁音唸作鼻濁音。

1)**助詞「が、ぐらい」**與助動詞「**ご**とし」的がぐご

2)**字中、字尾的ガ行濁音**,但以下情形除外——

☒ 擬聲語、擬態語:「げらげら」等

☒ 數字5(ご) :「じゅうご(15)」

☒ 後項要素字首是ガ行濁音,但與前後項要素連結不緊密的複合詞

例:「こうとうがっこう (高等学校)」
「おもてげんかん (表玄関)」

→「高等」與「学校」、「表」與「玄関」連結不緊密,「が、げ」發原本的濁音

對照 「ちゅう**が**っこう (中学校)」
→連結緊密,「が」發成鼻濁音

☒ 敬語「お~」的後項要素:「おげんき(お元気)」等

☒ 外來語:「ハンドバッグ(handbag)」等

但若是早期傳來的外來語「オル**ガ**ン、イ**ギ**リス…」,或是以'ing'結尾的外來語「キン**グ**(king)、ボクシン**グ**(boxing)…」→習慣上「がギグゲゴ」仍發鼻濁音

3)原為**か行清音,組成複合字後改成的ガ行濁音**

例:「かぶしき(株式)+かいしゃ(会社)」
→「かぶしき**が**いしゃ(株式会社)」

●跟讀練習 CD-62 ○表該拍發鼻濁音

a) りゅうがく（留学） かいがい（海外） おおがた（大型） かがやく（輝く）

b) ぎょうぎ（行儀） にんぎょう（人形） だいぎし（代議士） かいぎしつ（會議室）

c) かげ（影） かげき（過激） とげとげしい（刺々しい）

d) うぐいす（鶯） くぐる（潜る） かぐ（家具）

e) まご（孫） まいご（迷子） いちご（苺）

關西地區不常用鼻濁音，母音
無聲化的現象也不顯著。

鼻濁音が分佈圖（色塊處）

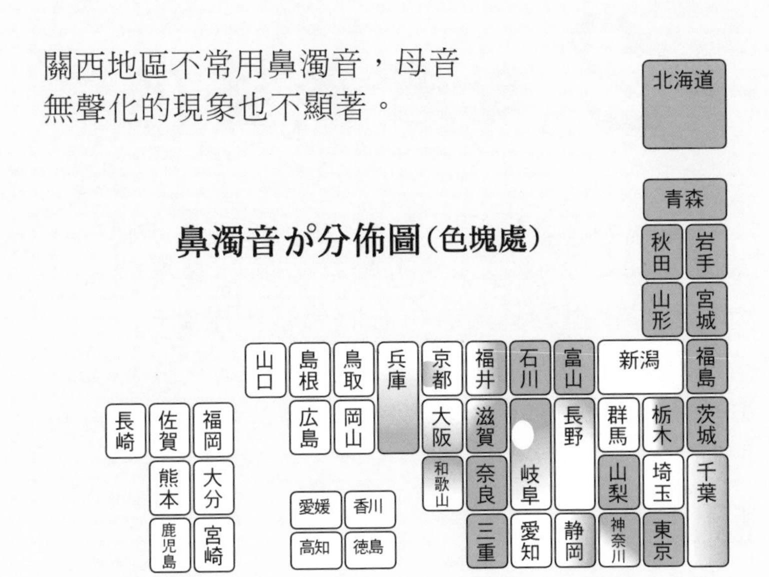

註：製圖參考NHK新版日本語発音アクセント辞典
　　卷末附錄地圖

母音無聲化分佈圖（色塊處）

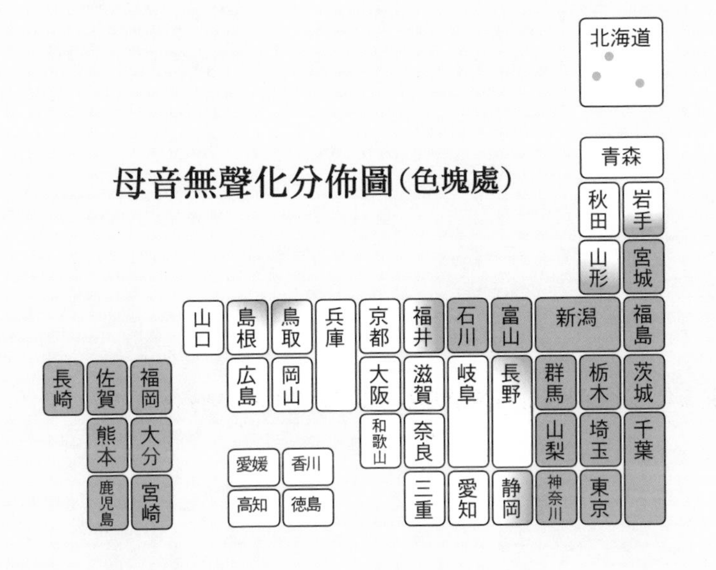

2 母音無聲化

首先說明「無聲化」。日語的母音「あいうえお」是所謂的「有聲音」，也就是須振動聲帶的音。母音無聲化指的就是發母音時聲帶不振動。

聲帶不振動的母音是怎麼辦到的呢？就是嘴形有出來，但因為唸的快且輕，聲帶很自然就沒有振動。請試著以慢速及快速發下列幾個字——

CD-63

a）
き・く　きく　（菊）
く・す・り　くすり　（薬）
が・く・せ・い　がくせい　（学生）
ひ・と・り　ひとり　（一人）
き・っ・ぷ　きっぷ　（切符）
す・こ・し　すこし　（少し）
れ・き・し　れきし　（歴史）

b）
いい・で・す　いいです
そう・で・す・か　そうですか
あ・り・ま・す　あります

發音時，將手指置於喉嚨處，仔細感覺聲帶的振動。

母音無聲化會在什麼狀況下發生？由於每個人的發音習慣差異大，這裡只介紹最普遍的情形。
註：關西腔習慣發出完整的母音，所以不容易母音無聲化

會產生母音無聲化，通常須同時具備兩項條件：

1）母音是「い/i」或「う/u」時容易無聲化
2）母音夾在兩個無聲子音中間時，容易無聲化

符合以上條件的有：■□○○、○■□○，或○○■□——

■是き、く、し、す、ち、つ、ひ、ふ、ぴ、ぷ，外加しゅ
□是か行、さ行、た行、は行、ぱ行、拗音しゃ行，外加促音っ

例 きく ■□　ひとり ■□○　がくせい ○■□○　れきし ○■□

あ段	あ	か	さ	た	な	は	ま	や	ら	わ	
い段	い	き	し	ち	に	ひ	み		り		
う段	う	く	す	つ	ぬ	ふ	む	ゆ	る		
え段	え	け	せ	て	ね	へ	め		れ		
お段	お	こ	そ	と	の	ほ	も	よ	ろ	を	ん

が	ざ	だ	ば	ぱ
ぎ	じ	ぢ	び	ぴ
ぐ	ず	づ	ぶ	ぷ
げ	ぜ	で	べ	ぺ
ご	ぞ	ど	ぼ	ぽ

	っ
しゃ	
しゅ	
しょ	

另外，在字尾或句尾的尾音收掉時，也經常出現母音無聲化，最常見的就是「～で**す**」「～ま**す**」的す音。

此時需要的條件是：

1）無聲子音，母音是「い/i」或「う/u」
2）置於字尾或句尾，且氣息減弱收尾音

符合條件的有：○■、○○■，或○○○■ ——

■是き、く、し、す、ち、つ、ひ、ふ、ぴ、ぷ，外加しゅ

例 あ**き*** から**す*** いいで**す** ありま**す**
○■ ○○■ ○○○■ ○○○■

日本人在談到字尾的母音無聲化時，經常舉「あき(秋)、からす(烏)」的例子，但是查重音辭典卻找不到標示，僅在附錄中作提醒「只有在接著要換氣前，字尾才會母音無聲化」。

換言之，字尾母音無聲化屬於一種「非常態」現象。

相關知識

如果符合母音無聲化的拍子兩拍以上緊鄰時，
怎麼判定哪個拍子的母音才須無聲化？

通常有幾個規則可依循——

◎字首母音無聲化的機率最高
◎字中時，中間拍的母音較可能無聲化
◎通常很少連續兩拍的母音無聲化
◎重音核所在的音拍，母音多半不會無聲化(有例外)

CD-64

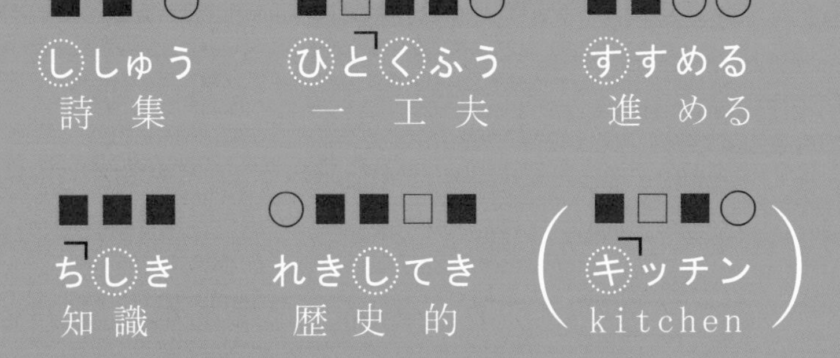

◌表該拍母音無聲化

☑ 為什麼「あなた」是「阿娜答」，不是「阿娜他」？

很多學習者可能都有過這樣的疑問，網路上也有網友這樣説「日語單詞有清音還有濁音，但讀單詞時，老師要我們第二個假名以後要濁」——這樣説對嗎？

本書第48頁提到中文與日語在發音上的截然不同：「**日語有清音與濁音，中文有送氣音與不送氣音**」。

另外還提到：**日語發音不強調送氣不送氣**，所以聲帶不振動的「無聲音」不等於中文的送氣音，聲帶振動的「有聲音」也不等於中文的不送氣音。

回到上面的問題，如果你問日本人，他一定回答你說他唸的是「あなた」不是「×あなだ」。

那為什麼我們聽起來像是「阿娜答」呢？——答案是因為我們不會，或不擅於分辨聲帶有無振動的「無聲音」與「有聲音」。

日本人學習中文時，教師一定會提醒他發氣聲時用力一點，因為那是他們不熟悉的發音原理。

同樣的道理，中文發音也不強調聲帶振動還是不振動。「あなた」會聽成「阿娜答」，就是因為聽不出聲帶振不振動，而只注意到氣息的強弱。

五十音裡，子音不振動的共有か行、さ行、た行，以及ぱ行。其中，さ行因為嘶音非常明顯的關係，較沒有這個問題。剩下的か、た、ぱ行，在字首時還不會，在字中或字尾時很容易被誤以為是が、だ、ば行的音。

其實日本人只是沒有像在字首時那麼用力發音，所以氣聲不明顯，可以說是在發「**不送氣的清音**」。學習者可以自己試試看，在唸「あなた」時把「た」的氣聲收掉，信不信由你，聽起來真的很像「だ」的音。

※有書稱此為「氣弱音」現象，或「PTK原則」

3 口語縮音

所有說母語的人都一樣，因為太熟悉語言本身，口語中經常有縮略的情形。日本人也不例外。下面就是一些日語常見的口語縮音。

（A）

～ては	→ ちゃ	～てしまう	→ ちゃう
～では	→ じゃ	～でしまう	→ じゃう

CD-65

忘（わす）れてはいけませんよ。
忘れちゃいけませんよ。

そうではありません。
そうじゃありません。

やってみなくては、わからない。
やってみなくちゃ、わからない。

このままでは、みんな死（し）んでしまう。
このままじゃ、みんな死んじゃう。

言（い）ってはいけないことを言（い）ってしまった。
言っちゃいけないことを言っちゃった。

（B）

～ている	→ てる	～ていく	→ てく
～でいる	→ でる	～でいく	→ でく

CD-66

結果(けっか)はもう知(し)っているよ。
結果はもう知ってるよ。

外(そと)で遊(あそ)んでいる。
外で遊んでる。

もう少し待(ま)っていてね。
もう少し待っててね。

今(いま)の話(はなし)、聞(き)いていた？
今の話、聞いてた？

傘(かさ)を持(も)っていく。
傘を持ってく。

時間(じかん)が飛(と)んでいく。
時間が飛んでく。

お茶(ちゃ)でも飲(の)んでいってください。
お茶でも飲んでってください。

(C)

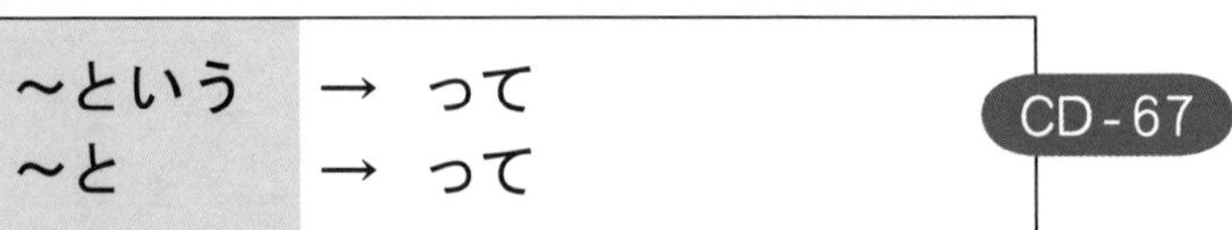

仕方(しかた)がないということはない。
仕方がないってことはない。

だめと言(い)ったでしょう。
だめって言ったでしょう。

(D)

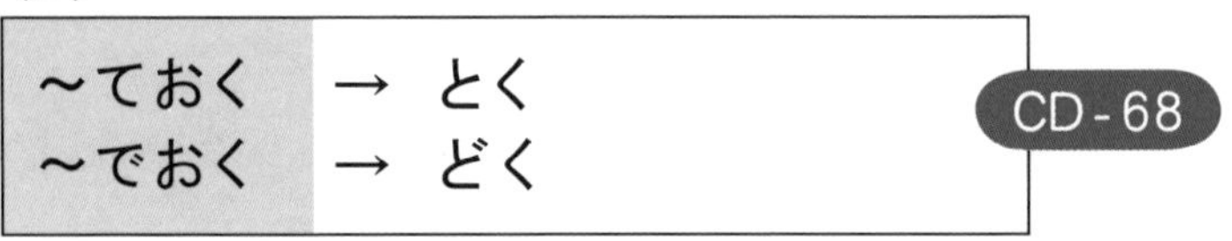

かぎをここに置(お)いておくよ。
かぎをここに置いとくよ。

言(い)っておくけど、期待(きたい)はしないでね。
言っとくけど、期待はしないでね。

ドラマの前(まえ)に、原作(げんさく)を読(よ)んでおこう。
ドラマの前に、原作を読んどこう。

(E)

～れば	→ りゃ
～なければ	→ なきゃ

CD-69

もっと早(はや)く起(お)きればよかった。
もっと早く起きりゃよかった。

もう行(い)かなければならない。
もう行かなきゃならない。

楽(たの)しくなければ、人生(じんせい)ではない。
楽しくなきゃ、人生じゃない。

(F)

～のだ、～ので、～のか	→ んだ、んで、んか

CD-70

どうしてもやるのだ。
どうしてもやるんだ。

携帯(けいたい)が壊(こわ)れたので、修理(しゅうり)に出(だ)していた。
携帯が壊れたんで、修理に出してた。

どうすればいいのか。
どうすりゃいいんか。

4 招呼語

日語裡幾個用於早晚問候的招呼語，像是「早安，午安，你好」等等，日本人真正在使用時，其實並不完全按照教科書上所說的，其中有些很有趣的出入。

CD-71

おはようございます。(早安)
おはよう。(早)

こんにちは。(你好，午安)

こんばんは。(晚上好)

我們用提問的方式比較容易講解，請試著思考回答以下問題。

問題 1
早上請假，下午才進公司時，日本人會用上述哪句招呼語跟同事問候？

問題 2
上夜班的人上工時，彼此之間如何打招呼？

問題 3
假日下午和死黨約好碰面，見面時的招呼語如果只能從左頁三句中選出一句，日本年輕人的選擇會是？

以上答案可能都是
おはよう 或是 おはようございます。

＊ ＊

問題 4
白天在校園裡遇到教授，這時該用哪句話打招呼？

問題 5
假日補眠睡到下午 1 點，到廚房找食物時和家人打照面，這時候說「こんにちは」對不對？

問題 6
白天在住家附近散步，回家時看到門口有陌生人在張望，多數日本人這時會用哪句招呼語？

こんにちは 可以對長輩或陌生人說，不可以對每天見面的家人(即使是長輩)**說這句話。**

教科書上說「おはよう(ございます)、こんにちは、こんばんは」都是見面時的招呼語，只是時間上的區別。但是・日本人有時在使用時，不只考慮時間，也考慮人際關係的親疏遠近問題。

日本人白天上班的第一句招呼語，不用說當然是「おはよう(ございます)」。但如果是有早午晚輪班制的公司、24小時營業商店、夜晚為主要營業時間帶的商家(餐飲、酒店等)，或是上班時間不固定的職業(演藝界)等，基本上即使已經下午、甚至天黑了，上班時的招呼語都還是「おはよう(ございます)」。

為什麼下午和晚上不是說「こんにちは、こんばんは」呢？

日本人會跟家人說「おはよう(ございます)」，但不會說「こんにちは、こんばんは」，因為後兩者聽起來像是對外人說的話。

把場景再換到公司同事或是朋友之間，「こんにちは、こんばんは」給對方的感覺很見外，尤其是對好朋友這麼用的話實在很不尋常。

一般朝九晚五的公司雖然不時興任何時間上班都是「おはよう(ございます)」，但也很少用「こんにちは」，而是說「お疲れ様」。

但如果你覺得跟對方的交情不是那麼熟，這時使用「こんにちは、こんばんは」就很適合，既不會給對方有刻意「裝熟」的突兀感，而且又很客氣。

不過，說到「裝熟」的問候語，其實應該只有「おはよう」。「おはようございます」因為是敬語，並沒有這層顧慮。所以關於前面的問題４，回答「おはようございます」或「こんにちは」都是可以的。

但有意思的是，日本的超商、百貨店員，以及遊樂園服務人員等，現在喜歡在「いらっしゃいませ(歡迎光臨)」後面加上「おはようございます、こんにちは、こんばんは」增加親近感，沖淡商業氣息。對此，有日本人覺得不自在，心裡犯嘀咕：「我跟你(指店員)又不認識，幹麻來這套！」

「こんにちは、こんばんは」明明就是對外人使用的客套話，為什麼這時日本人會覺得有親近感呢？問題應該是「人、時、地」不對。

「おはようございます、こんにちは、こんばんは」是人際關係的潤滑劑，可是消費者並不是要和店家(或店員)作朋友，只是去買個東西，不屬於社交場合。也許有人還是喜歡維持「店家」與「顧客」單純、明確的商業關係，不喜歡把生活弄得太複雜吧。

附　錄

1 轉成名詞

所謂轉成名詞，是指借用動詞或形容詞等其他詞類，稍加變形（部分副詞甚至不用作任何更改），直接沿用作名詞使用，這類延伸用字就稱為「轉成名詞」。動詞是轉成名詞的最大來源。

(A)

由動詞轉成的名詞，形式上通常是「ます形去ます」。例如：

つる	→	つり~~ます~~	→	つり	釣り
あそぶ	→	あそび~~ます~~	→	あそび	遊び
おしえる	→	おしえ~~ます~~	→	おしえ	教え

轉成前的動詞如果是平板型動詞，轉成名詞多仍為平板型；如果是起伏型動詞，轉成名詞通常為尾高型。

◎動詞平板型→轉成名詞平板型

つる 釣る	→	**つり** 釣り	**あそぶ** 遊ぶ	→	**あそび** 遊び
おどる 踊る	→	**おどり** 踊り	**おしえる** 教える	→	**おしえ** 教え

◎動詞起伏型→轉成名詞尾高型

かつ 勝つ	→	かち 勝ち	やすむ 休む	→	やすみ 休み
いのる 祈る	→	いのり 祈り	つかれる 疲れる	→	つかれ 疲れ

但某些詞語在轉換後，若在語意上有轉化或強化的現象，此時不管原先的動詞重音屬於哪一型，轉成名詞的重音都是頭高型。

◎動詞→語意強化→轉成名詞頭高型

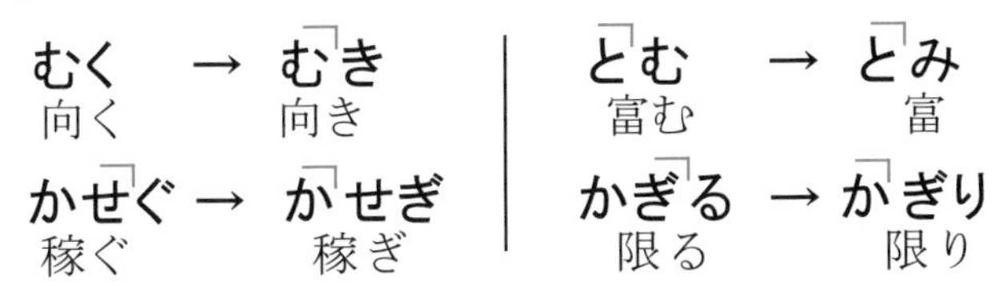

(B)

由形容詞轉成的名詞數量很少，形式上以「〇い改成〇く」與「〇い去掉い」為主。例如：

とおい	→	とおく	遠く
ふるい	→	ふるく	古く
あかい	→	あか	赤

這兩種變化方式的的重音規則也各不相同。

「〇い改成〇く」

轉成前的形容詞如果是平板型，轉成名詞多改為尾高型；如果是起伏型，轉成名詞的重音維持連用形「〇く」時的類型。

◎形容詞平板型→轉成名詞尾高型

とおい（遠い） → とおく（遠く）

◎形容詞起伏型→轉成名詞重音同連用形「〇く」

ちかい（近い） → ちかく（近く）　　ふるい（古い） → ふるく（古く）

「〇い去掉い」

轉成名詞固定都是頭高型，不管原先的形容詞重音屬於哪一型。

◎形容詞→轉成名詞頭高型

あかい（赤い） → あか（赤）　　しろい（白い） → しろ（白）

2 日語的語調(續)

單字→文節

名詞、形容詞、動詞都是單獨一個字就自成一個文節，會有多個單字合成文節的情形，通常是以下三種模式：

名詞＋助詞或助動詞
形容詞活用形＋助動詞或助詞
動詞活用形＋助動詞或助詞

第一項在p.97已經做過說明，以下要介紹的是第二項與第三項的歸納整理。

- 表1 (平板式)動詞＋助詞
- 表2 (起伏式)動詞＋助詞
- 表3 イ形容詞＋助詞

- 表4 (平板式)動詞＋助動詞
- 表5 (起伏式)動詞＋助動詞
- 表6 イ形容詞＋助動詞

快速讀圖

表 1 **(平板式)動詞＋助詞**

平板式動詞後接助詞時，助詞主要有平板、頭高、尾高三種模式；若重音不在助詞上，也通常是落在助詞的前一拍。

表 2 **(起伏式)動詞＋助詞**

起伏式動詞後接助詞時，除了下列四種情形，其餘多數時候都維持動詞原本的重音。

☞與「だけ、ながら、つつ」搭配時
☞ 3拍以上的第Ⅱ類動詞後接「て、たり…」時
☞第Ⅲ類動詞「来る」後接「て、たり…」時
☞第Ⅲ類動詞「～する」後接「て、たり…」時

「来る」變成「きて、きたり」時，重音落在「き」，但也有人因為「き」母音無聲化，發音偏弱，將重音後移一拍，成為——

「きて、きたり」

表 3 **イ形容詞＋助詞**

イ形容詞後接助詞，若重音不在助詞上時，通常是落在原形詞尾「い」的前一拍。少數情形像是起伏式後接助詞「て」，重音會再向前移一拍。

表4 **(平板式)動詞＋助動詞**

平板式動詞後接助動詞時，以助動詞的重音為重音。

表5 **(起伏式)動詞＋助動詞**

起伏式動詞後接助動詞，若重音不在助動詞上，通常維持原形時的重音。唯一的例外是後接「ない」時，重音統一落在「ない」的前一拍。

另外，「ようだ、そうだ、みたい」與起伏式動詞連結時，除了維持一個文節一個重音之外，也常斷成兩個字串，強調助動詞的部分，例如：

「よむようだ」ＯＫ

「よむ・ようだ」也ＯＫ

表6 **イ形容詞＋助動詞**

イ形容詞後接助動詞，若重音不在助動詞上，通常是落在原形詞尾「い」的前一拍。

表1 (平板式)動詞＋助詞

重音變化類型				A（平板）	B（頭高）	C（尾高）
助詞種類	前接動詞て形或ます形變化			て、に(目的) ながら…	たり、 ては、ても…	
	前接動詞原形			と、ほど、だけ、きり、ものの…	まで、のみ、くらい(ぐらい)、どころ、ばかり…	ね
	前接動詞假定形變化					
平板式動詞	I類動詞	二拍	かす (貸す)	かし**て** かす**と**	かし**たり** かす**まで**	かす**ね**
		三拍	うたう (歌う)	うたっ**て** うたう**と**	うたっ**たり** うたう**まで**	うたう**ね**
		四拍	はたらく (働く)	はたらい**て** はたらく**と**	はたらい**たり** はたらく**まで**	はたらく**ね**
	II類動詞	二拍	ねる (寝る)	ね**て** ねる**と**	ね**たり** ねる**まで**	ねる**ね**
		三拍	きえる (消える)	きえ**て** きえる**と**	きえ**たり** きえる**まで**	きえる**ね**
		四拍	おしえる (教える)	おしえ**て** おしえる**と**	おしえ**たり** おしえる**まで**	おしえる**ね**
	III類動詞	二拍	する (する)	し**て** する**と**	し**たり** する**まで**	する**ね**
			せっする (接する)	せっし**て** せっする**と**	せっし**たり** せっする**まで**	せっする**ね**
註： 不只一種重音的助詞				に、は、も、 が、よ、しか、 と(引用)	さえ、すら、つつ、 とか、より	ぜ、ぞ

E(無)		
から、ので、のに、など、なんて、だけ、か、かな、かしら、けれど、し、が(接続)…		
	ば	
かすから　　かすが	かせば	
うたうから　　うたうが	うたえば	
はたらくから　　はたらくが	はたらけば	
ねるから　　ねるが	ねれば	
きえるから　　きえるが	きえれば	
おしえるから　　おしえるが	おしえれば	
するから　　するが	すれば	
せっするから　　せっするが	せっすれば	
に、は、も、が、よ、しか、と(引用)、さえ、すら、つつ、とか、より、ぜ、ぞ		

表2 (起伏式)動詞＋助詞

重音變化類型					B（頭高）	E（無）	
助詞種類	前接動詞て形或ます形變化				ながら	て、ては、ても、たり…	
助詞種類	前接動詞原形						か、かな、けれど、し、ね、ぜ、ぞ、に、は、も、が、と、
助詞種類	前接動詞假定形變化						
起伏式動詞	頭高型	I動	二拍	よむ（読む）	よみながら	よんで	よむと
起伏式動詞	頭高型	II動	二拍	みる（見る）	みながら	みて	みると
起伏式動詞	頭高型	III動	二拍	くる（来る）	きながら	きて ※ きたり ※	くると
起伏式動詞	中高型	I動	三拍	はなす（話す）	はなしながら	はなして	はなすと
起伏式動詞	中高型	I動	四拍	よろこぶ（喜ぶ）	よろこびながら	よろこんで	よろこぶと
起伏式動詞	中高型	II動	三拍	おきる（起きる）	おきながら	おきて	おきると
起伏式動詞	中高型	II動	四拍	しらべる（調べる）	しらべながら	しらべて	しらべると
起伏式動詞	中高型	III動		せっする（接する）	せっしながら	せっして せっして＊	せっすると
註：不只一種重音的助詞					くらい（ぐらい）、どころ、ばかり	※亦可作 きて きたり	くらい（ぐらい）、どころ、ばかり、だけ

註:*表示該重音規則目前少見

E(無)		特例1	特例2
			つつ
まで、のみ、より、から、さえ、すら、ので、のに、など、なんか、とか、しか、ほど、きり、ものの…		だけ	
	ば		
よむまで	よめば	よむだけ よむだけ*	よみつつ よみつつ
みるまで	みれば	みるだけ みるだけ*	みつつ みつつ
くるまで	くれば	くるだけ くるだけ*	きつつ きつつ
はなすまで	はなせば	はなすだけ はなすだけ*	はなしつつ
よろこぶまで	よろこべば	よろこぶだけ よろこぶだけ*	よろこびつつ
おきるまで	おきれば	おきるだけ おきるだけ*	おきつつ
しらべるまで	しらべれば	しらべるだけ しらべるだけ*	しらべつつ
せっするまで	せっすれば	せっするだけ せっするだけ	せっしつつ
くらい(ぐらい)、どころ、ばかり、だけ			

表3 **イ形容詞＋助詞**

重音變化類型				A（平板）	B（頭高）	C（尾高）
助詞種類	前接形容詞原形			ほど、と、よ、な(詠嘆)、ものの…	まで、さえ、のみ、ゆえ、ねえ、なあ…	ね
	前接形容詞て形變化					
	前接形容詞假定形變化					
平板式形容詞		三拍	あかい（赤い）	あかい**ものの**	あかい**のみ**	あかい**ね**
		四拍	かなしい（悲しい）	かなしい**ものの**	かなしい**のみ**	かなしい**ね**
起伏式形容詞	頭高	二拍	よい（良い）	よい**ものの**	よい**のみ**	よい**ね**
	中高	三拍	ひろい（広い）	ひろい**ものの**	ひろい**のみ**	ひろい**ね**
		四拍	うれしい（嬉しい）	うれしい**ものの**	うれしい**のみ**	うれしい**ね**
註：不只一種重音的助詞					とか、より、くらい(ぐらい)、どころ、ばかり	ぜ、ぞ

註：＊表示該重音規則目前少見

E（無）		特例1	特例2
が、けれど、から、ので、か、かしら、し、など、のに、わよ…		だけ	
			て、ても
	ば		
あかいが	あかければ	あかいだけ	あかくて
かなしいが	かなしければ	かなしいだけ	かなしくて
よいが	よければ	よいだけ よいだけ＊	よくて
ひろいが	ひろければ	ひろいだけ ひろいだけ＊	ひろくて
うれしいが	うれしければ	うれしいだけ うれしいだけ＊	うれしくて
とか、より、くらい(ぐらい)、どころ、ばかり、ぜ、ぞ			

表4 **（平板式）動詞＋助動詞**

重音變化類型				A（平板）		B（頭高）
助動詞種類	前接動詞て形或ます形			た、たい、そうだ（推量）		
助動詞種類	前接動詞原形					まい、
助動詞種類	前接動詞ない形或意向形			ない、（さ）せる、（ら）れる		まい、
平板式動詞	I類動詞	二拍	かす（貸す）	かし**た**	かさ**せる**	かす**まい**
平板式動詞	I類動詞	三拍	うたう（歌う）	うたっ**た**	うたわ**せる**	うたう**まい**
平板式動詞	I類動詞	四拍	はたらく（働く）	はたらい**た**	はたらか**せる**	はたらく**まい**
平板式動詞	II類動詞	二拍	ねる（寝る）	ね**た**	ね**させる**	ね**まい**
平板式動詞	II類動詞	三拍	きえる（消える）	きえ**た**	きえ**させる**	きえ**まい**
平板式動詞	II類動詞	四拍	おしえる（教える）	おしえ**た**	おしえ**させる**	おしえ**まい**
平板式動詞	III類動詞	二拍	する（する）	し**た**	さ**せる**※	し**まい**※
平板式動詞	III類動詞		せっする（接する）	せっし**た**	せっさ**せる**※	せっし**まい**※
註					※「～する」是以使役或被動形變化「さ」連結「せる、れる」	※亦有人作するまい、すまい

B（頭高）			D（中高－2）
ます			
そうだ（傳聞）、ようだ、みたい			らしい、だろう、でしょう
（よ）う			
かします	かすそうだ	かそう	かすらしい
うたいます	うたうそうだ	うたおう	うたうらしい
はたらきます	はたらくそうだ	はたらこう	はたらくらしい
ねます	ねるそうだ	ねよう	ねるらしい
きえます	きえるそうだ	きえよう	きえるらしい
おしえます	おしえるそうだ	おしえよう	おしえるらしい
します	するそうだ	しよう	するらしい
せっします	せっするそうだ	せっしよう	せっするらしい

表5 (起伏式)動詞＋助動詞

重音變化類型					B（頭高）		
助動詞種類	前接動詞て形或ます形變化				ます、たい、そうだ（推量）		
	前接動詞原形				まい		
	前接動詞ない形或意向形變化				(よ)う、まい		
起伏式動詞	頭高型	I動	二拍	よむ（読む）	よみます	よむまい	よもう
		II動		みる（見る）	みます	みまい	みよう
		III動		くる（来る）	きます	こまい※	こよう
	中高型	I動	三拍	はなす（話す）	はなします	はなすまい	はなそう
			四拍	よろこぶ（喜ぶ）	よろこびます	よろこぶまい	よろこぼう
		II動	三拍	おきる（起きる）	おきます	おきまい	おきよう
			四拍	しらべる（調べる）	しらべます	しらべまい	しらべよう
		III動		せっする（接する）	せっします	せっしまい※	せっしよう
註						※亦有人作 くるまい、くまい するまい、すまい	

D（中高−2）	E（無）			特例
	た			
	そうだ（傳聞）、ようだ、みたい、だろう、でしょう			らしい
(さ)せる、(ら)れる	ない			
よませる	よんだ	よむそうだ	よまない	よむらしい
みさせる	みた	みるそうだ	みない	みるらしい
こさせる	きた・きた	くるそうだ	こない	くるらしい
はなさせる	はなした	はなすそうだ	はなさない	はなすらしい はなすらしい
よろこばせる	よろこんだ	よろこぶそうだ	よろこばない	よろこぶらしい よろこぶらしい
おきさせる	おきた	おきるそうだ	おきない	おきるらしい おきるらしい
しらべさせる	しらべた	しらべるそうだ	しらべない	しらべるらしい しらべるらしい
せっさせる※	せっした	せっするそうだ	せっしない	せっするらしい せっするらしい
※「～する」是以使役或被動形變化「さ」連結「せる、れる」				

表6 **イ形容詞＋助動詞**

重音變化類型				B（頭高）	E（無）
助動詞種類	前接形容詞原形			そうだ（傳聞）、ようだ、みたい	です
平板式形容詞		三拍	あかい（赤い）	あかいそ˥うだ	あか˥いです
		四拍	かなしい（悲しい）	かなしいそ˥うだ	かなし˥いです
起伏式形容詞	頭高	二拍	よ˥い（良い）	よ˥いそうだ	よ˥いです
	中高	三拍	ひろ˥い（広い）	ひろ˥いそうだ	ひろ˥いです
		四拍	うれし˥い（嬉しい）	うれし˥いそうだ	うれし˥いです
註					

特例1	特例2	
らしい	だろう、でしょう	
あかいらしい	あかいだろう あかいだろう	
かなしいらしい	かなしいだろう かなしいだろう	
よいらしい よいらしい	よいだろう	
ひろいらしい ひろいらしい	ひろいだろう	
うれしいらしい うれしいらしい	うれしいだろう	

參考資料

新明解日本語アクセント辞典
金田一春彦監修　秋永一枝編　三省堂出版 2001

NHK日本語発音アクセント辞典
NHK放送文化研究所編　日本放送出版協会出版 1998

日本語の発音教室　理論と練習
窪薗晴夫監修 田中真一・窪薗晴夫著 くろしお出版 1999

コミュニケーションのための日本語発音レッスン
戸田貴子著　スリーエーネットワーク出版 2004

日本語音声学のしくみ
町田健編/猪塚元・猪塚恵美子著　研究社出版 2003

日本語の発声レッスン 改訂新版・一般編
川和孝著　新水社出版 1988

1日10分の発音練習
河野俊之など著　くろしお出版 2004

はじめての声優トレーニング――声のテクニック編
松濤アクターズギムナジウム著　雷鳥社出版 2000

華人的日語語音學　黄國章編著　致良出版社出版 2006

＊　＊

国語教育講座　挨拶語「こんにちは」に異変あり
井上博文著　大阪教育大学キャンパスことば 24　1998

日本學生學習華語的聲調偏誤分析：以二字調為例
張可家・陳麗美著（論文）2005